© 2024 Melanie Daffner
Verlag: BoD · Books on Demand GmbH,
Überseering 33, 22297 Hamburg, bod@bod.de
Druck: Libri Plureos GmbH,
Friedensallee 273, 22763 Hamburg
ISBN: 978-3-8192-0680-1

Inhaltsverzeichnis

Felix Hansen

Adrian Voss

Stefan Hofmann

Kapitel 1 – München

München war wunderschön.

Die Lichter der Stadt spiegelten sich in den regennassen Pfützen, verwoben mit dem matten Schimmer der Straßenlaternen. Die warme Nachtluft trug den Duft von frischem Regen, feuchtem Beton und einer fernen Note von teurem Parfüm und Zigarrenrauch durch die engen Gassen. Irgendwo in der Ferne erklang das entfernte Murmeln eines Saxophons – ein Straßenmusiker, der sich vom sanften Rhythmus der Stadt treiben ließ. Autos zogen lautlos vorbei, ihre Scheinwerfer zerrissen für Sekunden die Dunkelheit, bevor sie wieder in die Schatten eintauchten.

Lena stand am Fenster ihrer kleinen Dachgeschosswohnung und beobachtete das pulsierende Leben unter ihr. Sie liebte diese Stadt, schon immer. Die alten Fassaden mit ihren stuckverzierten Balkonen, die versteckten Innenhöfe, in denen die Geschichten vergangener Jahrhunderte noch in den Mauern zu flüstern schienen. Sie liebte das Klappern der Trambahnen, das Echo von Stimmen, die durch die Nacht hallten, das Gefühl, ein Teil dieses unaufhörlichen Stroms aus Bewegung und Geschichte zu sein. München gehörte ihr, auf eine Weise, die nur wenige verstanden.

Aber sie hasste die Männer darin. Nicht alle. Natürlich nicht alle.

Nur die, die dachten, dass sie tun konnten, was sie wollten. Die glaubten, ihre Worte blieben ohne Konsequenzen. Die mit ihrem selbstgefälligen Lächeln versprachen und dann verschwanden, als wären sie nie dagewesen. Die, die sich sicher waren, niemals für das bezahlen zu müssen, was sie anderen antaten.

Ihr Blick glitt durch das Fenster auf die Straße hinunter. In der Ferne sah sie ein Paar lachen, Arm in Arm, sorglos in die Nacht gehüllt. Ein Gefühl von Bitterkeit stieg in ihr auf – nicht, weil sie den beiden das Glück nicht gönnte, sondern weil sie wusste, dass es trügerisch war. Dass Vertrauen ein Spiel war, das man nur verlieren konnte, wenn man nicht wusste, mit wem man spielte. Sie hatte es gelernt, auf die harte Tour.

Ihr Blick wanderte zu dem kleinen schwarzen Notizbuch auf ihrem Schreibtisch. Es lag dort wie ein stiller Zeuge, wartend, geduldig, voller Erinnerungen. Voller Namen. Voller Schuld.

Langsam trat sie näher, ließ ihre Finger über das kühle Leder streichen, bevor sie es mit einer fast zeremoniellen Bewegung aufklappte. Die Seiten waren sorgfältig beschrieben, keine hastigen Kritzeleien, sondern präzise, wohlüberlegte Worte. Ihr Blick fiel auf den ersten Eintrag.

Tobias Fink.

Der Erste.

Lenas Lippen pressten sich zu einem schmalen Strich zusammen. Ihr Atem ging ruhig, doch in ihrem Inneren kochte etwas Unausgesprochenes, etwas Dunkles. Tobias war der Anfang von allem gewesen. Derjenige, der ihr zeigte, wie leicht Vertrauen missbraucht werden konnte. Wie schmerzhaft es war, wenn jemand mit deinen Gefühlen spielte, als wären sie nichts weiter als eine billige Laune. Er hatte sie belogen, betrogen, ihr Dinge versprochen,

die niemals hätten wahr werden sollen – und
dann war er gegangen, mit nichts als einem
arroganten Lächeln auf den Lippen.

Und doch hatte er geglaubt, dass er damit
davonkommen würde. Wie die anderen. Wie all
die Männer, die glaubten, dass Frauen wie
sie sich einfach abwenden und vergessen
würden. Doch diesmal ... diesmal würde es
anders sein.

Lena nahm einen Stift und setzte ihn auf
das Papier. Ihre Hand war ruhig, ihre
Finger umklammerten den Stift mit fester
Entschlossenheit. Mit einer fließenden
Bewegung zog sie einen Strich durch seinen
Namen.

Ein einfaches Zeichen. Eine endgültige
Entscheidung.

Sie klappte das Buch zu und legte es mit
der gleichen Sorgfalt zurück auf den Tisch.
Ihre Brust hob und senkte sich in einem
langsamen Rhythmus. Dann griff sie nach
ihrer Jacke, zog sie über, schob sich eine
widerspenstige Haarsträhne aus dem Gesicht.
Ein letzter Blick aus dem Fenster.

Die Stadt wartete. Die Nacht wartete.

Und sie wartete auf ihn.

Kapitel 2 – Der erste Name

Die Straßen Münchens waren lebendig.

Lena ging langsam durch das Glockenbachviertel, die Absätze ihrer Stiefel hallten leise auf dem Kopfsteinpflaster. Die Nacht war warm, und das Pflaster glänzte noch feucht vom Regen. Überall um sie herum summte das Nachtleben – Stimmen, Gelächter, das Klirren von Gläsern, Musik, die aus den Bars drang. Motorradfahrer summten über den Asphalt, während betrunkene Gruppen von jungen Leuten laut lachend von einer Bar zur nächsten zogen.

Früher hatte sie diese Nächte geliebt.

Früher war sie mit Freundinnen ausgegangen, hatte Cocktails getrunken, getanzt, sich in den Bann dieser Stadt ziehen lassen. Sie hatte sich treiben lassen, eingehüllt in das Versprechen unzähliger Möglichkeiten. Die Euphorie, die Freiheit, das Gefühl, dass die Nacht ihr gehörte – all das hatte sie einmal genossen. Aber das war einmal. Heute war sie nicht hier, um zu feiern.

Heute war sie hier, weil sie einen Mann treffen würde. Tobias Fink.

Lena wusste genau, wo sie ihn finden konnte. Ein Mann wie Tobias änderte sich nicht. Er mochte neue Frauen, neue Anzüge, neue Lügen – aber seine Gewohnheiten blieben dieselben. Er war ein Mann der Routine. Ein Mann, der sich sicher fühlte.

Er würde dort sein, wo er immer war: in einer dieser teuren Bars, in denen die Luft nach Whiskey und Arroganz roch.

Lena schloss kurz die Augen, atmete tief durch. Ihr Herz schlug ruhig, ihre Gedanken waren klar. Sie ließ den Blick über die Straße gleiten, beobachtete die Menschen, die in Gruppen lachten, sich aneinanderlehnten, in ihren eigenen Welten versunken waren. Die Stadt war wie eine Bühne, und jeder spielte seine Rolle. Die Verliebten, die Trinker, die Geschäftsmänner, die einsamen Seelen auf der Suche nach Gesellschaft.

Und dann sah sie ihn.

Er saß an der Bar im „Velvet", einem dunklen, exklusiven Laden mit goldverzierten Spiegeln und schweren Samtvorhängen. Die hohen Decken reflektierten das gedämpfte Licht der Kronleuchter, während leise Jazzmusik aus den Lautsprechern sickerte. Kellner in schwarzen Westen balancierten Tabletts mit teuren Getränken, während diverse Gespräche in der Luft schwebten. Tobias saß dort, als gehöre ihm der Platz, lässig zurückgelehnt, ein Glas in der Hand.

Neben ihm lehnte eine Frau, jung, hübsch, leicht angetrunken. Sie spielte mit ihrem Strohhalm, lachte über irgendetwas, das er gesagt hatte. Ihr Blick war bewundernd, vielleicht ein wenig verträumt. Sie kannte ihn nicht. Noch nicht. Sie wusste nicht, was hinter diesem charmanten Lächeln lauerte. Aber Lena wusste es.

Lena blieb einen Moment draußen stehen und beobachtete ihn.

Er hatte sich nicht verändert.

Sein Haar war vielleicht etwas kürzer, sein Bart etwas exakter gestutzt. Aber dieses Lächeln war dasselbe. Das Lächeln eines Mannes, der sich für unantastbar hielt. Ein

Mann, der glaubte, dass die Welt ihm
gehörte, dass Frauen ihm gehörten.

Ein bitteres Lächeln zuckte über ihre
Lippen. Noch heute Nacht wirst du lernen,
dass sich Dinge ändern können, Tobias. Sie
richtete sich auf, strich sich die Haare
glatt und trat durch die Tür.

Die Jagd hatte begonnen.

Kapitel 3 – Die Ahnung eines Raubtiers

Tobias lehnte entspannt an der Bar und genoss das Gewicht der Blicke, die auf ihm ruhten. Er war es gewohnt, angesehen zu werden. Es war ein ständiger Begleiter seines Lebens – die unausgesprochenen Blicke, die heimlichen Bewunderungen, die leichten Berührungen, die wie zufällig wirkten. Er wusste, dass er eine Wirkung hatte. Er wusste, wie er sie nutzen konnte.

Die Frauen mochten ihn. Immer schon. Sein Lächeln, seinen selbstbewussten Tonfall, die Art, wie er sich bewegte. Er wusste, wie man charmant war, wusste, wie man genau die richtige Mischung aus Desinteresse und Aufmerksamkeit gab, um sie an sich zu fesseln. Er spielte das Spiel seit Jahren, und er spielte es gut.

Und heute Nacht? War es nicht anders.

Die junge Frau neben ihm – wie hieß sie noch mal? Laura? Lara? – lachte an der richtigen Stelle, ihre Fingerspitzen strichen beiläufig über ihren Hals, eine Geste, die unbewusst ihr Interesse verriet. Ihre Knie waren leicht gegen seine gerichtet, als wäre es ein Zufall. Doch

Tobias wusste es besser. Das war kein Zufall. Es war Absicht.

Es war einfach. Es war immer einfach.

Er nippte an seinem Whiskey und ließ den Blick durch die Bar schweifen. Weiches Licht, leise Gespräche, das Klirren von Eiswürfeln in teuren Gläsern. Die Luft roch nach Parfum, nach Leder, nach Geld. Der Duft von Luxus hing in der Luft, ein Versprechen, ein Lockruf. Er genoss es, ein Teil dieser Welt zu sein. Eine Welt, in der er sich sicher fühlte.

Und dann … Dann spürte er es.

Ein Ziehen in seinem Nacken. Ein Blick, der länger als gewöhnlich auf ihm ruhte. Er kannte das Gefühl. Zu oft hatte er selbst aus der Dunkelheit beobachtet, zu oft hatte er genau diesen Moment genossen – den Moment, bevor eine Frau merkte, dass sie von ihm bemerkt wurde. Bevor sie errötete, bevor sie sich ertappt fühlte, bevor sie dem Reiz nachgab.

Langsam drehte er den Kopf.

Und sah sie.

Lena.

Sein Magen zog sich unmerklich zusammen, doch sein Lächeln blieb makellos. Was zum Teufel macht sie hier?

Sie lehnte lässig an der Wand, einen Drink in der Hand, ihr Blick direkt auf ihn gerichtet. Keine Wut. Keine Trauer. Kein verzweifeltes „Warum hast du das getan?" Nur … Ruhe.

Und genau das ließ ihn frösteln.

Er wusste, was Frauen taten, wenn sie betrogen wurden. Die meisten weinten. Schickten lange Nachrichten, wollten Erklärungen, bettelten um Ehrlichkeit, die sie nie bekommen würden. Manche schrien, wurden laut, versuchten, ihn zu konfrontieren – vergeblich. Er war in all diesen Szenarien erprobt, hatte für jede Reaktion eine passende Antwort, eine charmante Ausrede, eine beiläufige Entschuldigung, die sie entweder wütender machte oder milde stimmte. Aber Lena?

Lena sah ihn an, als hätte sie alle Antworten längst gefunden. Kein Zittern in ihren Fingern. Keine geröteten Augen. Kein

Anflug von Unsicherheit. Nur dieser stille Blick, als wäre er eine Schachfigur auf ihrem Brett, längst in eine Ecke gedrängt, ohne dass er es bemerkt hatte.

Langsam, sehr langsam, hob sie ihr Glas und prostete ihm zu.

Tobias fühlte, wie eine kühle Gänsehaut über seinen Nacken kroch.

Etwas stimmte nicht. Etwas war anders.

Und zum ersten Mal seit Langem fühlte Tobias sich nicht mehr wie der Jäger in diesem Spiel.

Sondern wie die Beute.

Kapitel 4 – Ein Spiel, das er nicht versteht

Tobias zwang sich, sein Lächeln nicht verblassen zu lassen.

Er hatte sich nie aus der Ruhe bringen lassen. Nicht von Frauen, nicht von dummen Zufällen. Das hier war ein Zufall. Ein unglücklicher, unnötiger, aber harmloser Zufall. Oder?

Er nahm einen weiteren Schluck seines Whiskeys, spürte das Brennen in seiner Kehle und ließ das Glas einen Moment zu lange in der Hand ruhen. Ein Fehler. Er zwang sich zur Gelassenheit, setzte es ruhig ab, als wäre nichts gewesen. Nicht reagieren. Nicht die Kontrolle abgeben.

„Alles okay?" Die Frau neben ihm – Lara? Laura? – legte eine warme Hand auf seinen Unterarm. Ihr Blick war fragend, ihre Stimme weich, mit dieser unausgesprochenen Hoffnung, dass der Abend in eine bestimmte Richtung führen würde.

Tobias drehte sich zu ihr, sein Lächeln setzte sich automatisch wieder in Szene – perfekt, mühelos, wie immer.

„Natürlich", sagte er mit seiner gewohnten Leichtigkeit. „Nur ein bekanntes Gesicht."

Er könnte es dabei belassen. Könnte sich weiter mit Lara oder Laura beschäftigen, sie mit Komplimenten einwickeln, sie mit einem weiteren Drink in seine Richtung lenken. Ihr näherkommen, bis sie es für ihre eigene Entscheidung hielt. Es wäre so einfach. Es war immer einfach.

Aber sein Nacken prickelte. Der Blick brannte. Lena sah ihn immer noch an.

Er konnte sie nicht ignorieren.

Er seufzte innerlich, dann legte er einen kurzen, sanften Druck auf Laras Hand. Sein Daumen strich leicht über ihren Handrücken – eine Geste, die sagte: Ich bin gleich zurück. Warte auf mich.

Dann stand er auf und ging zu Lena. Sie wartete.

Nicht an der Bar. Nicht am Rand der Tanzfläche. Sie wartete in der Dunkelheit, dort, wo das Licht der Kronleuchter nicht mehr ganz hinreichte. Im Schatten. Geduldig. Unbeweglich.

Tobias' Puls schlug einen Hauch schneller, als er sich ihr näherte. Er war sich nicht sicher, warum.

„Lena", sagte er schließlich. Sein Tonfall war genau richtig – ein Hauch Überraschung, ein Lächeln, als wäre das hier eine nette, ungeplante Begegnung. Als wäre alles ganz normal.

„Tobias." Sie neigte leicht den Kopf, nahm einen langsamen Schluck von ihrem Drink. Ihr Blick glitt über ihn, prüfend, als wäre er eine Ware, die sie betrachtete. Ihre Ruhe war vollkommen. Und sie machte ihn nervös.

„Was für ein Zufall." Er steckte die Hände in die Taschen seines Jacketts, lehnte sich leicht zurück, als könnte er damit demonstrieren, wie entspannt er war. „Lange nicht gesehen."

Lena lächelte. Es war kein freundliches Lächeln.

„Oh, Tobias", sagte sie leise. „Glaubst du wirklich, das hier ist ein Zufall?"

Tobias spürte, wie sich seine Brust zusammenzog – eine unwillkürliche Reaktion, ein winziges Flackern von Unsicherheit, das er sofort zu unterdrücken versuchte.

Aber es war bereits zu spät.

Lena hatte es gesehen. Ihr Lächeln vertiefte sich kaum merklich, ein Schatten von Triumph darin.

Tobias wusste nicht, warum – aber in diesem Moment begriff er, dass er längst in einem Spiel gefangen war.

Und dass Lena diejenige war, die die Regeln bestimmte.

Kapitel 5 – Kein Entkommen

Tobias atmete langsam aus. Dann langsam wieder ein. Er zwang sich zur Ruhe, ließ sich nicht anmerken, dass Lenas Anwesenheit ihn aus dem Konzept brachte. Stattdessen setzte er sein charmantes Lächeln auf, das Lächeln, das ihm immer geholfen hatte.

Sie will dich verunsichern. Lass es nicht zu.

Er lehnte sich scheinbar entspannt gegen die Wand, verschränkte die Arme locker vor der Brust. Die Bar war immer noch voller Menschen, voller Lachen, voller Musik. Aber all das trat in den Hintergrund. Hier, in dieser kleinen Blase aus Spannung zwischen ihnen, zählte nur noch sie.

„Also, wenn es kein Zufall ist …" Er hielt kurz inne, ließ seinen Blick langsam über sie gleiten, als würde er ihre Absichten in ihrem Gesicht lesen können. „Dann erzähl mir doch, warum du hier bist, Lena."

Sie legte den Kopf schräg, ihr Blick war kühl, aber nicht feindselig – und genau das machte es schlimmer.

„Was glaubst du denn?" fragte sie.

Es war eine einfache Frage. Zu einfach. Und doch gefiel ihm die Art nicht, wie sie sie stellte. Ihre Stimme war zu ruhig, ihr Tonfall zu leicht. Fast belustigt. Etwas in ihm verkrampfte sich. Er merkte, wie seine Fingernägel sich in seine Handflächen gruben. Unmerklich, aber spürbar.

„Ich weiß es nicht", antwortete er schließlich. „Deswegen frage ich ja."

Lena drehte ihr Glas zwischen den Fingern, ließ sich Zeit, als gäbe es nichts Wichtigeres auf der Welt als den Inhalt ihres Drinks. Schließlich hob sie den Blick. „Ich habe nachgedacht", sagte sie dann. „Über das, was passiert ist."

Tobias zog eine Augenbraue hoch, zwang sich zu einem amüsierten Lächeln. „Das, was passiert ist? Meinst du uns?"

„Uns?" Sie lachte leise. Es war kein fröhliches Lachen. „Tobias, es gab nie ein ‚uns'. Es gab nur mich, die dachte, dass es uns gibt. Und dich … der genau wusste, dass es eine Lüge war."

Er spürte, wie sein Puls schneller wurde. Das hier lief nicht nach seinem Drehbuch. Sie hat mich nicht herbestellt, um mich anzuschreien. Kein Wutausbruch. Kein Drama. Kein verzweifeltes Flehen um Ehrlichkeit. Das hätte er erwartet. Damit könnte er umgehen.

Aber das hier? Das war anders.

Er musste die Kontrolle zurückholen.

„Lena", sagte er mit gespielter Nachsicht, „du warst doch immer eine kluge Frau. Ich weiß, das mit uns ist nicht gut auseinandergegangen, aber … das ist doch jetzt Jahre her. Du kannst mir nicht erzählen, dass du hier bist, weil du dich noch immer darüber aufregst."

Sie schwieg für einen Moment, ließ seine Worte in der Luft hängen wie Rauch. Dann setzte sie ihr Glas langsam ab.

„Ich bin nicht aufgeregt, Tobias."

Er schluckte unwillkürlich. Ihr Ton war so ruhig, so kalt.

„Ich bin …", sie hielt kurz inne, „…
entschlossen."

Seine Finger krampften sich kurz zusammen.
Irgendetwas stimmte nicht. Zum ersten Mal
hatte Tobias das Gefühl, dass es nicht nur
um eine unangenehme Begegnung mit einer Ex-
Freundin ging. Da war etwas anderes. Etwas,
das ihn beunruhigte, ohne dass er genau
wusste, warum.

Er lachte, versuchte die Anspannung zu
durchbrechen, das Gespräch in eine andere
Richtung zu lenken. „Lena, ehrlich – das
klingt ja, als würdest du mir drohen."

Sie legte den Kopf leicht schräg, musterte
ihn mit diesem nachdenklichen Blick, der
ihn unangenehm berührte. „Warum glaubst du,
dass es eine Drohung ist?"

Tobias' Mundwinkel zuckte, doch diesmal war
es kein Lächeln. Die Bar fühlte sich
plötzlich enger an. Die Stimmen der anderen
Gäste klangen weiter entfernt, dumpfer. Als
hätte sich ein unsichtbarer Kreis um sie
beide gezogen, als wäre nur noch sie da –
und er.

Zum ersten Mal … spürte er es. Das leise Kratzen von Angst.

Lena nahm ihr Glas, trank den letzten Schluck, stellte es mit einem leisen Klonk auf die Theke. Dann beugte sie sich näher zu ihm. Nicht zu nah. Gerade so nah, dass ihre Stimme nur für ihn bestimmt war.

„Weißt du, Tobias", flüsterte sie. „Es gibt Dinge im Leben, die man nicht ungestraft tut. Und manchmal … holen sie einen ein."

Sie richtete sich auf, nahm ihre Tasche. Dann sah sie ihn noch einmal an – mit einem Lächeln, das so sanft und kalt war, dass es ihm eiskalt den Rücken hinunterlief.

„Man sieht sich."

Dann drehte sie sich um und ging.

Tobias blieb stehen. Bewegte sich nicht. Hörte, wie die Tür der Bar sich öffnete und wieder schloss. Er wusste, dass er sie nicht aufhalten konnte.

Er wusste nur nicht, warum er das Gefühl hatte, dass es bereits zu spät war.

Kapitel 6 – Alles nur Einbildung

Tobias, reiß dich zusammen.

Er atmete tief durch, schüttelte die Spannung aus seinen Schultern und zwang sich, die Kontrolle zurückzugewinnen. Noch immer stand er an der Bar, die leeren Whiskeygläser vor sich, während sein Blick an der Stelle hängen blieb, wo Lena eben noch gestanden hatte. Ihr Gang war ruhig gewesen, nicht hastig, nicht unsicher. Sie hatte sich Zeit gelassen – absichtlich. Damit er nachdachte. Damit er sich fragte, was sie gemeint hatte.

Er lachte leise in sich hinein.

Theater. Reines Theater.

Das war Lena immer gewesen – klug, emotional, ein bisschen theatralisch, wenn es um große Gefühle ging. Er erinnerte sich an hitzige Diskussionen, an leidenschaftliche Nächte, an ihr unerschütterliches Bedürfnis nach Ehrlichkeit – ein Bedürfnis, das er nie wirklich teilen konnte. Und ja, vielleicht hatte er sie damals nicht besonders fair behandelt. Aber was war das schon? Eine

Beziehung, die geendet hatte wie so viele andere. Nichts weiter.

Und doch …

Tobias runzelte die Stirn. Ihr Blick ließ ihn nicht los. Diese unerschütterliche Ruhe, diese eiskalte Entschlossenheit in ihren Augen. Kein Hass, keine Wut, keine verletzte Trauer. Nur eine Gewissheit, die ihn frösteln ließ.

Warum?

Er schüttelte den Kopf und griff nach seinem Glas – nur um zu bemerken, dass es leer war. Mit einem leisen Knirschen setzte er es wieder ab. Sie will mich verunsichern. Sie will mich glauben lassen, dass ich mir Sorgen machen sollte. Aber wieso? Was hätte Lena nach all den Jahren noch gegen ihn in der Hand?

Nichts. Nichts, was von Bedeutung wäre.

Tobias schob den Gedanken beiseite und drehte sich um. Zurück zur Bar, zurück zu Lara oder Laura oder wie auch immer sie hieß. Ihr Blick war neugierig, ein wenig ungeduldig – als hätte sie genau gespürt, dass er für einen Moment abwesend gewesen war.

„Tut mir leid", sagte er mit seinem besten Lächeln, während er sich neben sie setzte. „Wo waren wir?"

Sie lächelte zurück, eine Spur kokett. „Ich glaube, du wolltest mir erzählen, wie es sich anfühlt, sein eigener Chef zu sein."

„Stimmt."

Er hob sein Glas – ein neues, gefüllt mit goldenem Whiskey – und tat, als wäre nichts gewesen. Als wäre Lena nie hier gewesen.

Und für den Rest des Abends redete er sich ein, dass es genau so war.

Kapitel 7 — Das Gefühl, beobachtet zu werden

Zwei Tage waren vergangen. Zwei Tage, in denen Tobias keinen einzigen Gedanken an Lena verschwendet hatte. Zumindest sagte er sich das.

Er hatte gearbeitet, war ins Fitnessstudio gegangen, hatte mit einem potenziellen neuen Kunden zu Abend gegessen und die Nacht mit einer Frau verbracht, deren Namen er sich nicht gemerkt hatte. Alles war normal.

Bis heute.

Er merkte es zum ersten Mal, als er am Morgen aus seiner Wohnung trat. Die Luft war frisch, der Himmel über München grau, doch in der Ferne versprach ein Sonnenstreifen, dass es ein guter Tag werden könnte. Tobias steckte die AirPods in die Ohren, scrollte durch seine Playlist und lief in Richtung seines Büros.

Und dann — dieses Ziehen im Nacken. Wie im Velvet.

Ein Blick, der zu lange auf ihm ruhte. Er blieb stehen, drehte sich langsam um.

Die Straße war wie immer. Fußgänger, Radfahrer, ein paar Autos, ein Mann, der seinen Hund Gassi führte. Nichts Auffälliges. Kein bekanntes Gesicht. Aber das Gefühl blieb. Es war nicht greifbar, nicht sichtbar – und genau das machte es schlimmer. Er schüttelte den Kopf, setzte sich wieder in Bewegung.

Einbildung. Du bist paranoid, weil Lena dieses dumme Spiel gespielt hat. Er zwang sich, nicht weiter darüber nachzudenken. Trotzdem klopfte sein Herz einen Hauch zu schnell.

Doch es hörte nicht auf.

Es kam am Mittag wieder. Tobias saß in einem Café in der Nähe seines Büros, eine Tasse Espresso vor sich, während er geschäftliche Mails auf seinem Laptop tippte. Die Gespräche um ihn herum verschmolzen zu einem dumpfen Hintergrundrauschen. Er versuchte, sich zu konzentrieren.

Und dann fiel sein Blick auf das Auto vor dem Fenster. Schwarz, unauffällig, eine dieser typischen Stadtlimousinen. Nichts Besonderes. Aber es stand schon lange da. Zu lange.

Sein Blick wanderte zur Fahrerseite. Die Scheiben waren dunkel, er konnte nicht erkennen, wer darin saß. Vielleicht niemand. Vielleicht nur jemand, der telefonierte oder wartete. Und trotzdem – sein Instinkt schrie, dass es nicht normal war. Er versuchte, es zu ignorieren. Vielleicht war es Zufall. Vielleicht war es gar nicht das erste Mal, dass das Auto dort stand, und er bemerkte es nur heute, weil sein Gehirn sich auf dieses Gefühl eingeschossen hatte.

Aber dann, als er nach einer Stunde das Café verließ, fuhr das Auto langsam los. Nicht abrupt. Nicht offensichtlich auffällig. Aber langsam genug, dass sich sein Magen verkrampfte.

Er blieb einen Moment stehen, beobachtete, wie die Limousine in den Verkehr einscherte, als würde sie sich beiläufig in die Stadt einfügen. Tobias drehte sich in

die andere Richtung und lief weiter. Doch
sein Gang war nicht mehr so locker wie noch
am Morgen.

Reiß dich zusammen, sagte er sich. Es gibt
tausende schwarze Limousinen in München.
Aber er wusste, dass das nicht der Punkt
war. Es ging nicht um das Auto. Es ging um
das Gefühl. Das leise Flüstern in seinem
Hinterkopf, das ihm sagte, dass es nicht
vorbei war.

Lena war nicht weg. Sie war hier. Irgendwo.
Und sie wartete.

Kapitel 8 - Der Schlag

Tobias hatte den ganzen Tag versucht, das
Gefühl abzuschütteln. Dieses diffuse
Unbehagen, das sich in seinen Nacken
gebohrt hatte, jedes Mal, wenn er sich
unbeobachtet fühlte – nur um dann
festzustellen, dass da doch jemand war.
Vielleicht bildete er es sich ein.
Vielleicht auch nicht.

Aber jetzt, mitten in der Nacht, wusste er:
Er war nicht allein.

Er war spät dran. Nach einem
Geschäftstreffen war er noch mit einem
alten Bekannten etwas trinken gegangen, und
als er endlich durch die dunklen Straßen in
Richtung seiner Wohnung lief, war es nach
eins.

Die Luft war kühl, der Asphalt glänzte noch
feucht vom Regen, und außer ein paar
entfernten Autos war die Stadt still. Zu
still. Die Stille hatte etwas
Unnatürliches, als würde sie ihm Raum
geben, um nachzudenken. Um zu merken, dass
etwas nicht stimmte. Er schüttelte den
Gedanken ab. Du hast zu viel getrunken.

Er bog in die kleine Seitenstraße ein, die als Abkürzung zu seinem Apartment diente. Keine Kameras, keine Menschen. Perfekt für jemanden, der nicht gerne auffiel. Perfekt für jemanden, der nicht gefunden werden wollte.

Und dann hörte er es.

Sanfte Schritte hinter ihm. Nicht hektisch, nicht laut. Gleichmäßig. Zu gleichmäßig.

Tobias' Herzschlag wurde schneller. Ein kalter Schauer lief ihm über den Rücken. Er drehte sich nicht um. Das war der Trick, oder? Nicht zeigen, dass man Angst hatte. Nicht die Kontrolle verlieren. Er ging weiter, vielleicht ein wenig schneller, aber nicht so schnell, dass es panisch wirkte. Es ist nur jemand, der zufällig den gleichen Weg hat. Ganz normal.

Er bog um die nächste Ecke. Die Schritte folgten. Jetzt war sein Atem kürzer. Er wollte sich einreden, dass er sich täuschte, dass sein Verstand ihm einen Streich spielte. Aber dann war da dieses Prickeln im Nacken, dieses uralte Gefühl, das dem Menschen in Fleisch und Blut übergegangen war: Er wusste, dass er beobachtet wurde.

Er drehte den Kopf.

Die Straße war leer. Oder nicht?

Ganz hinten, im Schatten einer alten Straßenlaterne, bewegte sich eine Gestalt. Schwarz gekleidet, Kapuze tief ins Gesicht gezogen. Tobias' Magen zog sich zusammen.

Lena.

Er wusste es, ohne es wirklich zu sehen. Ohne es sehen zu müssen.

„Verdammt", murmelte er. Er griff nach seinem Handy, wollte die Taschenlampe einschalten, irgendeine Ablenkung schaffen, irgendeine Art von Kontrolle zurückgewinnen.

Dann spürte er es. Eine kalte Hand legte sich um seinen Hals.

Ein harter Ruck. Gezielt. Berechnend.

Er stolperte nach vorne, wollte sich losreißen, doch dann kam ein zweiter Schlag, tiefer diesmal. Er spürte eine

scharfe Kälte, die durch den dünnen Stoff
seines Hemdes drang, sich langsam in seine
Haut fraß. Tobias schnappte nach Luft.
Seine Knie gaben nach.

Er sah nach unten. Dunkelrot sickerte durch
den Stoff. Seine Hände, die sich an die
Stelle pressten, fanden Wärme.
Feuchtigkeit.

Sein eigenes Blut.

„Hörst du das?" flüsterte eine Stimme an
seinem Ohr.

Seine Sicht verschwamm. Sein Körper war
nicht mehr sein eigener. Er wollte sich
aufrichten, wollte sich wehren, wollte
fragen, was zum Teufel sie tat, warum,
warum, warum…

Seine Knie trafen den Boden. Sein Blick hob
sich.

Lena stand über ihm.

Kein Hass in ihrem Gesicht. Keine Wut. Nur
Gewissheit.

„Du dachtest, du kommst damit durch,
Tobias", sagte sie leise.

Seine Lippen bewegten sich, doch kein Laut
kam heraus. Lena hockte sich hin, sah ihn
aus nächster Nähe an. Sein Blick flackerte.
Er suchte etwas in ihrem Gesicht –
vielleicht Zweifel, vielleicht Mitleid.
Aber er fand nichts davon.

„Aber manche Dinge bleiben nicht
ungestraft."

Das Letzte, was Tobias sah, war ihr Blick.
Das Letzte, was er hörte, war sein eigener
Atem, der langsam versiegte.

Dann kam die Dunkelheit.

Kapitel 9 – Spurlos

Lena stand still. Keine Hast. Keine Nervosität. Ihr Atem ging ruhig, gleichmäßig, während sie Tobias' leblosen Körper langsam nach hinten sinken ließ. Sein Gewicht lastete für einen Moment schwer gegen ihre Hände, dann gab er nach, sackte zusammen und blieb auf dem feuchten Asphalt liegen. Seine Augen waren weit geöffnet, leer, starr auf einen Punkt gerichtet, den nur er sehen konnte. Der Regen hatte seine Wangen bereits benetzt, als würde er ihn sanft zurück ins Nichts spülen.

Lena beobachtete ihn. Nicht aus Schuldgefühl, nicht aus Triumph. Nur aus Notwendigkeit. Ein Moment des Innehaltens, bevor der nächste Schritt folgen musste. Der entscheidende Schritt.

Sie atmete tief durch, warf einen schnellen Blick über die Gasse. Die Wahl des Ortes war kein Zufall gewesen: Keine Kameras, kaum Licht, keine Zeugen. Eine unscheinbare Seitenstraße in einer Stadt, die sich nachts in eine Landschaft aus Schatten und Schweigen verwandelte. Perfekt.

Tobias' Handy lag in seiner Jackentasche. Sie griff danach, entsperrte es mit seinem Fingerabdruck und öffnete die Wallet-App. Ein kurzer Blick. Keine unerwarteten Transaktionen. Keine geplanten Überweisungen. Perfekt. Sie legte das Telefon zurück in seine Tasche, als wäre es nie angerührt worden.

Nun die Brieftasche. Sie zog einige Scheine heraus, achtete darauf, nicht zu viele zu nehmen – gerade genug, damit es nach einem Überfall aussah. Dann ließ sie die Geldbörse achtlos neben seinem Körper fallen. Zufallstat. Schnell. Ungeplant. Brutal. Genau das, was die Polizei denken sollte.

Ein leiser Windzug ließ ihre Kapuze flattern, und der Regen verstärkte sich leicht. Lena kniete sich hin, zog eine kleine Sprühflasche aus ihrer Jackentasche und verteilte eine feine Nebelschicht Peroxidlösung auf den Stoff seines Mantels. Falls sich doch eine winzige Spur von ihr darauf befand – bald würde nichts mehr davon übrig sein.

Sie holte ein altes, unauffälliges Messer hervor, eines, das mit ihr in keiner Weise in Verbindung gebracht werden konnte. Sie ließ es einige Schritte entfernt auf den Boden fallen, nicht zu nah, nicht zu weit. Gerade so, dass es aussah, als hätte der Täter es in der Panik fallen lassen.

Lena zog die dünnen Latexhandschuhe aus und steckte sie in eine kleine Plastiktüte. Ein einfacher, aber effektiver Schutz gegen ungewollte Spuren. Ihre Bewegungen waren geübt, fast mechanisch.

Sie richtete sich langsam auf, betrachtete Tobias noch einmal. Der Regen lief in kleinen Rinnsalen über sein Gesicht. Sein teurer Mantel sog sich mit Feuchtigkeit voll, das Blut sickerte in das Kopfsteinpflaster, wurde träge von der Dunkelheit verschluckt.

Keine Reue. Kein Zögern. Nur das Echo ihrer eigenen Schritte, als sie sich umdrehte und davonging.

Nicht rennen. Nicht auffallen. Einfach nur verschwinden.

In einer halben Stunde würde sie in ihrer Wohnung sein. Sie würde duschen, ihre Kleidung verbrennen, alles beseitigen, was sie mit dieser Nacht verband. Und dann würde sie schlafen. Tief und fest, ohne Albträume. Ohne Schuld.

Morgen früh würden die Schlagzeilen gefüllt sein mit ihrem Werk.

„Geschäftsmann brutal überfallen – Täter flüchtig."

Und sie würde lächeln. Weil sie wusste, dass Tobias nur der Anfang war. Dass seine Schuld nicht die einzige war, die gesühnt werden musste.

Er war nur der erste.

Kapitel 10 – Das nächste Ziel

Lena saß in ihrer Wohnung, umhüllt von der
Stille der Nacht. Die einzige Lichtquelle
waren ein paar flackernde Kerzen auf dem
Couchtisch, deren Schein sich in dem
tiefroten Wein spiegelte, den sie langsam
im Glas kreisen ließ. Draußen hörte man das
entfernte Summen der Stadt – das Geräusch
eines Lebens, das für sie im Moment keine
Bedeutung hatte.

Auf dem Tisch vor ihr lag das schwarze
Notizbuch. Unauffällig, schlicht, doch
jedes Wort darin war mit Bedacht gewählt.
Mit ruhigen Fingern blätterte sie durch die
Seiten, bis sie auf einen Namen stieß, der
nun keine Relevanz mehr hatte: Tobias Fink.
Mit einem einzigen Strich war er
durchgestrichen. Ein Kapitel beendet. Ein
Name weniger.

Ihr Blick wanderte weiter. Die nächsten
Buchstaben formten einen Namen, der längst
überfällig war.

David Schneider.

Ein leises Lächeln spielte auf ihren
Lippen, während sie den Namen mit den

Fingerspitzen nachfuhr. Erinnerungen blitzten auf – sein charmantes Lächeln, seine zuckersüßen Worte, die leeren Versprechen, die er so überzeugend vorgetragen hatte. Die Nachrichten, die er ihr nach der Trennung geschickt hatte, voller verzweifelter Forderungen nach Aufmerksamkeit, als wäre er das Opfer. Der Gedanke daran ließ ein bitteres Prickeln in ihrem Nacken aufsteigen.

David war nicht wie Tobias. Tobias hatte sie unterschätzt. David hingegen hatte sie manipuliert, sich ihrer Unsicherheiten bedient, sie gegeneinander ausgespielt. Und das Schlimmste? Er glaubte, er sei damit durchgekommen.

„Falsch gedacht", murmelte sie und nahm einen tiefen Schluck von ihrem Wein. Dieses Mal würde sie anders vorgehen. Tobias war eine schnelle Angelegenheit gewesen – eine chirurgisch präzise Operation, ein sauber inszenierter Raubüberfall. Doch David verdiente mehr. Sie wollte, dass er es spürte. Dass er es kommen sah und sich doch nicht dagegen wehren konnte.

Mit einer kontrollierten Bewegung nahm sie ihren Stift und schrieb in feiner, akkurater Handschrift neben seinen Namen: „Lange Jagd. Langsamer Tod."

Der Gedanke daran erfüllte sie mit einer Ruhe, die beinahe tröstlich war. Sie klappte das Notizbuch zu, ließ ihre Finger für einen Moment auf dem Einband ruhen, bevor sie es in die Schublade ihres Schreibtisches gleiten ließ. Dann griff sie nach ihrem Handy. Ihr Daumen huschte über den Bildschirm, bis sie die Suchfunktion öffnete und seinen Namen eintippte.

David Schneider.

Sekunden später tauchte sein Profil auf. Ein aktueller Post in seiner Story. Sie klickte darauf. Ein edel angerichtetes Steak, daneben ein Glas Whiskey. Darunter der Standort – Maximilianstraße.

Lena lehnte sich zurück, betrachtete das Bild. Sie konnte ihn fast vor sich sehen – zufrieden, sorglos, überzeugt davon, dass ihm nichts und niemand gefährlich werden konnte. Ihre Lippen verzogen sich zu einem spöttischen Lächeln.

„Na dann, David", flüsterte sie leise und setzte das Weinglas an ihre Lippen. Der letzte Schluck schmeckte nach Vorfreude.

Lass uns spielen.

Kapitel 11 – Die Schatten der Vergangenheit

David liebte Kontrolle.

Er war einer dieser Männer, die es gewohnt waren, das Sagen zu haben – in Beziehungen, im Job, im Leben. Menschen waren für ihn Schachfiguren. Berechenbar. Manipulierbar. Er glaubte, sie durchschauen zu können, bevor sie selbst wussten, was sie wollten. Und genau das würde Lena gegen ihn nutzen.

Sie würde ihn nicht einfach auslöschen wie Tobias. Sie würde sein Leben langsam auseinandernehmen, bis er nicht mehr wusste, wem er vertrauen konnte – nicht einmal sich selbst.

Lena beobachtete ihn aus der Ferne.

Sie wusste, dass er es genoss, im Rampenlicht zu stehen. Instagram-Posts, Geschäftsessen, teure Bars, schnelle Frauen. David brauchte Aufmerksamkeit wie die Luft zum Atmen. Doch was passierte, wenn dieses Rampenlicht sich gegen ihn richtete? Wenn der bewundernde Blick der Welt sich in etwas Unheimliches verwandelte?

Sie fing klein an.

An einem Dienstagabend ließ sie eine alte
Erinnerung in sein Leben tropfen – leise,
fast unscheinbar. Eine Nachricht von einer
unbekannten Nummer.

„Denkst du noch manchmal an mich?"

Kein Name. Keine Hinweise.

David las die Nachricht. Blieb einen Moment
lang regungslos. Dann sperrte er das Handy.
Keine Antwort. Natürlich nicht. Denn er
hatte unzählige Frauen betrogen, belogen,
manipuliert. Und jede einzelne hätte Grund,
ihm das Leben zur Hölle zu machen.

Aber das war nur der Anfang.

Sie erstellte ein anonymes Instagram-
Profil, folgte ihm und likte ein altes Bild
– eines mit ihr darauf, aus einer Zeit, als
sie noch zusammen waren.

Sie schlich sich eines Abends in sein
Fitnessstudio, als er nicht da war, und
klemmte einen Zettel in sein Spind:

„Du wirst beobachtet."

Lena wartete.

Wartete darauf, dass das Misstrauen sich in ihm einnistete, wie ein Gift, das sich langsam ausbreitete. Sie ließ ihn spüren, dass etwas nicht stimmte, ohne dass er genau wusste, was.

Sie ließ sein Handy mitten in der Nacht klingeln – eine anonyme Nummer, keine Nachricht, kein Wort. Nur Stille.

Und die Wirkung ließ nicht lange auf sich warten.

Zwei Tage später saß David mit einem Freund in einer Bar, und Lena hörte zufällig – natürlich rein zufällig – sein Gespräch mit.

„Ich schwöre, irgendwas ist komisch, Alter."

Sein Kumpel lachte. „Du wirst paranoid."

David rieb sich die Schläfen. „Nein, Mann. Jemand stalkt mich. Alte Nachrichten, anonyme Anrufe. Und heute Morgen war mein Auto aufgeschlossen, obwohl ich sicher bin, dass ich es verriegelt hatte."

Sein Freund grinste. „Vielleicht hast du zu viele Frauen gleichzeitig laufen?"

„Fuck you."

Aber David lachte nicht. Er war sich nicht sicher. Und genau das war der Punkt.

Lena entschied, es noch ein wenig weiterzutreiben.

Sie wartete, bis David abends allein in seiner Wohnung war. Licht an, Fernseher lief, ein Glas Whiskey neben ihm auf dem Couchtisch. Ein gewohntes Ritual.

Sie rief ihn an – wieder anonym.

Er nahm ab. „Hallo?"

Stille.

„Wer ist da?"

Lena lächelte. Dann flüsterte sie leise, fast liebevoll:

„Hörst du mich, David?"

Ein Schlag in die Vergangenheit.

Exakt dieselben Worte, die sie gesagt hatte, als sie ihn damals zur Rede stellte – in jener Nacht, als sie herausfand, dass er sie betrogen hatte.

David erstarrte. Sein Griff um das Handy wurde fester.

„… Wer bist du?" Seine Stimme klang nicht mehr selbstbewusst.

Lena legte auf.

Sie stellte sich vor, wie er dort saß, das Handy in der Hand, sein Herzschlag schneller werdend. Wie er anfing, sich zu fragen, ob jemand aus seiner Vergangenheit zurückgekommen war. Ob sie zurückgekommen war.

Es begann. Der langsame, unvermeidliche Zerfall seiner Sicherheit.

Lena lehnte sich zurück, nahm einen Schluck Wein und tippte eine letzte Nachricht.

„Du weißt, wer ich bin."

Sie drückte auf Senden.

Dann wartete sie. Und sie genoss jeden
Moment.

Kapitel 12 – Wahnsinn auf Raten

David war am Ende.

Seine Gedanken waren ein Labyrinth aus Paranoia und Angst. Es gab keinen sicheren Ort mehr, nicht einmal in seinem eigenen Kopf. Jede Nachricht, jede zufällige Begegnung, jedes leise Geräusch ließ ihn zusammenzucken.

Er fing an, seine eigenen Schatten zu fürchten.

Und genau das war es, was Lena wollte.

Aber noch war er nicht gebrochen. Noch nicht.

Der nächste Schritt war einfach – subtil, aber effektiv.

Es brauchte nur die richtigen Kontakte, und schon hatte Lena Zugang zu Davids Wohnung. Sie musste nichts zerstören. Nichts stehlen. Nichts Offensichtliches tun.

Sie trat ein, als er nicht da war. Blieb stehen. Atmete die Atmosphäre ein. Ein steriles, perfekt eingerichtetes Apartment.

Klare Linien, kühles Design. Ein Ort, der Ordnung und Kontrolle ausstrahlen sollte.

Lena lächelte. Genau das würde sie ihm nehmen.

Sie berührte nichts direkt mit bloßen Händen — hinterließ keine Spuren. Stattdessen veränderte sie nur Kleinigkeiten.

Winzige, unscheinbare Details.

Sie stellte seine Zahnbürste in das falsche Glas, vertauschte zwei seiner Schuhe, schob sein Lieblingsparfüm auf eine andere Ablage.

Sie verstellte den Duschkopf um ein paar Grad und ließ eine Schublade nur einen winzigen Spalt offen.

Es waren keine Dinge, die sofort auffielen. Aber sie summierten sich.

David nahm die Veränderungen erst unbewusst wahr. Ein flüchtiger Moment des Zögerns, wenn er nach seiner Zahnbürste griff. Ein Stirnrunzeln, als seine Schuhe falsch herum standen.

Er suchte nach logischen Erklärungen.

"Ich hab's verlegt."
"Vielleicht war ich betrunken."
"Ich bilde mir das ein."

Doch dann kam der eine Moment, der alles veränderte.

David stand im Badezimmer, sein Gesicht müde und fahl im Licht. Er drehte den Wasserhahn auf, spritzte sich kaltes Wasser ins Gesicht.

Und dann sah er es.

Ein feiner Schriftzug in der unteren Ecke des Spiegels.

Kaum sichtbar. Mit rotem Lippenstift geschrieben.

„Du wirst mich nicht los."

David erstarrte.

Sein Magen zog sich zusammen. Seine Brust wurde eng.

Er trat einen Schritt näher, als könnte er
die Worte dadurch zum Verschwinden bringen.
Aber sie waren noch da.

Unbestreitbar real.

Jemand war in seiner Wohnung gewesen.
Jemand kannte seine Routine. Jemand war ihm
näher, als er es sich je hätte vorstellen
können.

Sein Blick raste durch den Raum. Er fuhr
sich mit der Hand durchs Haar, während
seine Gedanken in Panik
auseinanderdrifteten.

"Bin ich verrückt?"
"Oder… bin ich wirklich nicht allein?"

Er rannte aus dem Badezimmer, riss
Schubladen auf, durchsuchte seine
Klamotten, hob Kissen hoch, überprüfte jede
Ecke.

Vielleicht gab es eine versteckte Kamera.
Ein Abhörgerät. Irgendeinen Beweis dafür,
dass er nicht durchdrehte.

Doch es gab nichts.

Nur sein eigenes Spiegelbild, das ihn entgeistert anstarrte.

Und hinter ihm, in seinem eigenen Kopf, die leise Stimme der Angst.

David tat das, was jeder tun würde, der sich verfolgt fühlt. Er versuchte, sich abzusichern.

Neue Schlösser an der Tür, eine Überwachungskamera im Flur, ein Messer in seiner Nachttischschublade.

Aber tief in sich drin wusste er: Es würde nichts bringen.

Denn Lena war immer einen Schritt voraus.

Das letzte Telefonat

Ein paar Nächte später.

David lag im Dunkeln auf seinem Bett, starrte an die Decke. Der Raum war still, aber sein Verstand schrie.

Dann vibrierte sein Handy.

Er griff danach. Eine anonyme Nummer.

Ohne zu zögern nahm er ab.

„WER ZUM TEUFEL BIST DU?!" schrie er in die Dunkelheit.

Lena schwieg.

Sie konnte seinen schweren Atem hören. Die Panik in seiner Stimme. Die pure Angst, die ihn durchdrang.

Dann flüsterte sie langsam, leise, fast zärtlich:

„Ich bin deine Vergangenheit."

David erstarrte.

Sekunden verstrichen. Dann hörte sie es.

Das leise Zittern seines Atems. Seine Gedanken rasten. Sie konnte es spüren.

Er ging alle Gesichter in seinem Kopf durch. Versuchte verzweifelt zu erraten, wer dahintersteckte.

Doch er wusste es nicht. Und genau das machte es so schlimm.

Lena lächelte. Lachte leise. Dann legte sie auf.

David blieb zurück, das Handy noch in der Hand. Sein Herz schlug viel zu schnell. Die Dunkelheit um ihn herum schien sich zu bewegen.

Er hatte keine Kontrolle mehr.
Nicht über sein Leben.
Nicht über seine Angst.
Nicht einmal mehr über sich selbst.

Und Lena?

Lena lehnte sich zurück.

Der Wahnsinn war nicht mehr weit.

Kapitel 13 – Stimmen in der Dunkelheit

David saß in der Dunkelheit seines Apartments, die Knie an die Brust gezogen, den Rücken gegen die kalte Wand gelehnt. Sein Atem ging flach, seine Hände zitterten. Das schwache Licht der Straßenlaterne fiel durch die Vorhänge und warf gespenstische Muster auf den Boden. Seit Stunden war er wach, unfähig, sich zu beruhigen. Sein Verstand war ein einziges Chaos aus Angst und Paranoia.

Er konnte sie spüren.

Lena.

Sie war hier, irgendwo. Vielleicht in diesem Moment auf der anderen Straßenseite, vielleicht im Schatten des Hotelflurs, vielleicht direkt hinter der Tür. Sie spielte mit ihm, genauso wie sie es angekündigt hatte. Sie ließ ihn leiden, ließ ihn in seiner eigenen Angst ertrinken. Und er konnte nichts dagegen tun.

Sein Blick fiel auf sein Handy, das auf dem Boden lag. Die letzte Nachricht von ihr brannte sich in seine Gedanken:

„Denkst du wirklich, du kannst mir entkommen?"

Er schluckte schwer, sein Hals fühlte sich rau und trocken an. Wie lange war es her, dass er das letzte Mal ruhig geschlafen hatte? Zwei Tage? Drei? Es fühlte sich an, als hätte sich die Zeit aufgelöst, als wäre er gefangen in einer Spirale aus Anspannung und Misstrauen.

Ein Geräusch ließ ihn erstarren.

Ein leises Kratzen an der Tür.

David hielt den Atem an, sein Puls schoss in die Höhe. War es Einbildung? Oder war sie wirklich hier? Langsam, so leise wie möglich, griff er nach der kleinen Tischlampe neben ihm. Sein Herz schlug gegen seine Rippen, als er sich aufrichtete, jeder Muskel in seinem Körper gespannt.

Noch ein Geräusch. Ein leises, kaum wahrnehmbares Lachen.

Lena.

Sie wusste, dass er wach war. Sie wusste, dass er zitternd hinter der Tür stand. Sie wollte, dass er Angst hatte.

Mit einem plötzlichen Ruck riss David die Tür auf und schwang die Lampe wie eine Waffe. Doch der Flur war leer. Keine Spur von ihr. Nur Stille. Nur das Summen der Neonlichter an der Decke.

Sein Atem ging stoßweise. Sein Blick flog suchend über den Korridor, die Schatten in den Ecken wirkten tiefer, bedrohlicher. Hatte er sich das eingebildet? Oder hatte sie sich einfach nur zurückgezogen, ihn absichtlich ins Leere laufen lassen?

Langsam trat er einen Schritt in den Flur hinaus. Sein Herz pochte so laut, dass er seine eigenen Gedanken kaum noch hören konnte. Plötzlich vibrierte sein Handy auf dem Tisch.

Eine neue Nachricht.

„Schön, dich so nervös zu sehen, David."

Er spürte, wie sich seine Kehle zuschnürte. Sie beobachtete ihn. Sie war hier. Vielleicht nicht im Flur, vielleicht nicht direkt vor seiner Tür – aber irgendwo in der Nähe.

Er war nicht mehr sicher. Nirgendwo.

Und das Schlimmste war: Sie wusste es.

Kapitel 14 — Der Kontrollverlust

David Schneider war ein Mann, der Kontrolle brauchte. Über seine Karriere. Über seine Beziehungen. Über sein Image. Und vor allem über sich selbst.

Doch genau diese Kontrolle entglitt ihm jetzt — Stück für Stück, Tag für Tag.

Seit Wochen fühlte er sich beobachtet. Es war kein greifbares Gefühl, nichts, was er beweisen konnte. Aber es war da, lauerte in den dunklen Ecken seines Verstandes. Die anonymen Nachrichten. Die verstörenden Anrufe. Die kleinen, unscheinbaren Hinweise, die nur für ihn bestimmt waren.

Und das Schlimmste? Er hatte keine Ahnung, wer dahintersteckte.

David war sich sicher, dass es eine Frau aus seiner Vergangenheit sein musste. Aber wer?

Es gab zu viele. Zu viele Lügen. Zu viele Affären. Zu viele gebrochene Versprechen.

War es Anna? Die Frau, die er monatelang hingehalten hatte, während er sich längst nach jemand anderem umsah? Oder Sophie? Diejenige, die ihn nach ihrer Trennung weinend angefleht hatte, ihr die Wahrheit zu sagen?

Oder… war es Lena?

Der Gedanke kam und ging, wie eine flüchtige Erinnerung. Unmöglich. Lena war Geschichte. Sie hatte ihn aus ihrem Leben gestrichen. Und trotzdem… irgendetwas an all dem fühlte sich persönlich an.

Lena machte weiter. Doch sie machte es langsam.

Sie ließ ihn nicht wissen, wann der nächste Schlag kommen würde – nur, dass er kommen würde.

Sie wollte ihn mürbe machen.

Mittwoch

David saß in einem wichtigen Meeting, als seine Assistentin hereinkam.

„Für Sie, Herr Schneider."

Sie reichte ihm ein Päckchen. Ein unscheinbarer schwarzer Karton mit silbernem Schriftzug.

Seine Stirn legte sich in Falten. Bestellte er etwas? Er konnte sich nicht erinnern.

„Von einer Verehrerin?" witzelte einer seiner Kollegen, als David das Päckchen öffnete.

Im Inneren lag eine einzelne schwarze Rose.

Er hielt inne. Sein Atem stockte.

Langsam griff er nach dem beiliegenden Umschlag, zog die Karte heraus.

„Erinnerst du dich an mich?"

Kein Name. Keine Hinweise.

Seine Finger umklammerten den Zettel fester. Ein nervöses Zucken huschte über sein Gesicht.

Die Kollegen lachten noch, ahnten nicht, wie sich Davids Magen in diesem Moment verkrampfte.

Er sagte nichts. Schob die Rose vorsichtig zur Seite, als wäre sie giftig. Dann steckte er die Notiz in seine Jackentasche.

Genau die Reaktion, die Lena erwartet hatte.

Donnerstag

David konnte nicht schlafen.

Jedes Geräusch ließ ihn aufspringen.

War das ein Knacken im Flur? Ein Schatten vor dem Fenster?

Er saß lange wach, ein Glas Scotch in der Hand, die Vorhänge halb geschlossen, damit niemand hineinschauen konnte.

Zum ersten Mal in seinem Leben erwischte er sich dabei, wie er zweimal kontrollierte, ob die Tür abgeschlossen war.

Einmal. Zweimal. Ein drittes Mal.

Er begann, weniger zu schlafen.
Er begann, mehr zu trinken.

Und Lena wusste, dass er langsam bröckelte.

Doch es war noch nicht genug.

Freitagabend

David saß in einer schicken Bar – allein.

Sein Whiskeyglas war halb leer. Seine Stirn
in Sorgenfalten gelegt.

Normalerweise liebte er Gesellschaft, das
Gefühl, im Mittelpunkt zu stehen. Doch
heute war es anders.

Er fühlte sich nicht sicher.
Er fühlte sich… verfolgt.

Er sah sich um, musterte die Gesichter in
der Bar. War sie hier?

Sein Handy vibrierte. Er zog es aus der
Tasche. Eine neue Nachricht. Keine Nummer.
Nur Text. „Du siehst müde aus."

Sein Herz setzte einen Schlag aus.

Sein Blick schoss durch die Bar. Wer? Wer
zur Hölle spielte mit ihm?

Er stand abrupt auf, sein Glas kippte fast um. Ein paar Gäste warfen ihm verwunderte Blicke zu.

Scheiß drauf. Er musste hier raus.

Er eilte zur Tür, trat auf die dunkle Straße hinaus. Die kalte Nachtluft schlug ihm entgegen.

Er drehte sich um. Blickte die Straße hinunter.

Niemand.

Er griff nach seinem Handy, scrollte panisch durch seine Kontakte. Er musste irgendwen anrufen. Jemanden, der ihm sagte, dass er sich das nur einbildete.

Doch bevor er wählen konnte, vibrierte das Handy erneut.

„Ruf ruhig jemanden an. Aber niemand wird dir glauben."

Sein Magen zog sich zusammen.

Er starrte auf die Worte. Seine Hände wurden feucht.

Dann ließ er das Handy langsam sinken.

Und zum ersten Mal in seinem Leben begriff
David, dass er die Kontrolle verloren
hatte.

Und Lena?

Lena lächelte.

Kapitel 15 – Schlag ins Leere

David spürte, wie sich eine unsichtbare
Schlinge um seinen Verstand legte, immer
enger, immer unerbittlicher. Sein Körper
zitterte vor Anspannung, sein Herz raste,
seine Gedanken wirbelten wie ein Sturm
durch seinen Kopf. Was war real? Was war
Einbildung? Er wusste es nicht mehr. Aber
eines wusste er mit absoluter Gewissheit:
Jemand war hinter ihm her. Jemand spielte
mit ihm. Jemand wollte ihn zerstören. Und
er würde nicht einfach tatenlos zusehen.

Er stolperte aus der dunklen Seitengasse
zurück auf die belebte Straße. Die grellen
Lichter der Stadt blendeten ihn, tanzten
vor seinen Augen wie Trugbilder. Stimmen
hallten in seinem Kopf, verzerrt,
unwirklich, als wären sie nicht echt. Er
musste sich konzentrieren. Er musste Lena
finden. Sie war irgendwo hier, vielleicht
nur wenige Meter entfernt, vielleicht
beobachtete sie ihn in genau diesem Moment.
Vielleicht war sie näher, als er dachte.

Dann sah er ihn.

Ein Mann.

Mitte dreißig, gepflegt, dunkle Haare, teurer Anzug. Er stand nicht weit von der Bar, in der David noch vor wenigen Minuten gewesen war. Seine Haltung war entspannt, sein Gesicht ausdruckslos. Doch seine Augen – David war sich sicher, dass sie ihn ansahen. Dass sie ihn beobachteten. Oder bildete er sich das nur ein?

Seine Gedanken versuchten, ein Muster zu erkennen, ein unsichtbares Netz zu entwirren, das sich um ihn zog. Ein fremdes Gesicht. Ein seltsamer Blick. Ein kaum wahrnehmbares Lächeln – oder täuschte er sich? War dieser Mann Teil des Spiels? War er derjenige, der ihn überwachte?

Ein Gefühl explodierte in Davids Brust – ein brodelnder Mix aus Panik und Wut. Er konnte nicht mehr klar denken. Konnte nicht mehr unterscheiden zwischen Wahrheit und Einbildung. Alles, was er wusste, war, dass er handeln musste.

Ohne zu zögern, marschierte er auf den Mann zu. Seine Schritte waren hart, entschlossen, voller unausgesprochener Gewalt. Sein Herz hämmerte gegen seine Rippen.

„Hey!" Seine Stimme war lauter, als er es wollte, ein rauer, fordernder Befehl.

Der Mann drehte sich überrascht um, runzelte die Stirn. „Entschuldigung? Meinen Sie mich?" Seine Stimme klang ehrlich verwirrt. Doch für David war genau das der Beweis, dass er log.

Er tat nur so. Er war einer von ihnen. Er spielte das Spiel mit.

David sah nur noch Rot.

Mit einem einzigen Schritt verkürzte er die Distanz und rammte den Mann gegen die nächste Hauswand. Der Aufprall ließ das Echo ihrer Körper durch die schmale Gasse hallen.

„WER HAT DICH GESCHICKT?!" brüllte David, seine Hände krallten sich in das teure Sakko des Mannes, hielten ihn fest, als könnte er die Wahrheit aus ihm herauspressen.

Der Mann riss die Augen auf, hob instinktiv die Hände in einer beschwichtigenden Geste. „Was zum Teufel ?!"

Doch David ließ ihm keine Chance. Er
schüttelte ihn, so heftig, dass sein Kopf
gegen die Wand schlug.

„ANTWORTE!"

Passanten blieben stehen. Stimmen wurden
lauter. Verwirrung mischte sich mit
Empörung.

„Lass mich los, verdammt!" Der Mann rang
nach Fassung, versuchte sich zu befreien,
doch David war schneller.

Ein einziger Schlag.

Ein harter, brutaler Treffer direkt ins
Gesicht.

Ein dumpfes Geräusch, als seine Faust auf
Fleisch traf.

Der Mann taumelte nach hinten, stolperte,
fiel auf die Knie. Blut tropfte von seiner
Lippe auf das Pflaster.

„Du bist verrückt!", keuchte er, während er
sich an die Wange fasste, seine Augen weit
aufgerissen vor Schock und
Fassungslosigkeit.

David atmete schwer. Seine Hände zitterten. Seine Brust hob und senkte sich in wilder Hast.

Und dann – plötzlich – wurde ihm bewusst, was er getan hatte.

Er hatte einen Fremden attackiert.

Er hatte den falschen getroffen.

Er hatte sich in genau das Monster verwandelt, das Lena aus ihm machen wollte.

Die Welt schien für einen Moment stillzustehen.

Dann hörte er die Stimmen.

„Jemand ruft die Polizei!"

„Ist der Typ besoffen?!"

„Er hat ihn einfach angegriffen!"

David keuchte, seine Gedanken überschlugen sich. Er senkte den Blick auf seine Hände – Blutverschmiert. Sein eigenes? Oder das des Mannes? Er wusste es nicht mehr. Er wusste nur, dass er hier weg musste. Sofort.

Sein Körper handelte, noch bevor sein Verstand es tat. Er stolperte einen Schritt zurück, drehte sich um – und rannte.

Er rannte, so schnell ihn seine Beine trugen.

Doch mit jedem Schritt, mit jeder Sekunde, die ihn weiter von der Szene des Verbrechens brachte, wuchs eine schreckliche Gewissheit in ihm heran.

Lena hatte gewonnen.

Sie hatte ihn gebrochen.

Und es gab kein Zurück mehr.

Kapitel 16 – Der letzte Sturz

David rannte. Seine Schritte hallten auf
dem nassen Asphalt, während sein Atem in
kurzen, keuchenden Stößen aus seiner Lunge
brach. Die Nacht war kalt, doch er spürte
es nicht. Alles, was er fühlte, war Panik.
Reine, ungefilterte Panik. Er wusste nicht
mehr, wohin er lief – nur, dass er nicht
stehen bleiben durfte.

Die Stadt, die ihm einst so vertraut
gewesen war, erschien ihm plötzlich
feindselig. Die flackernden Straßenlaternen
warfen zuckende Schatten, verzerrte
Fratzen, die sich in den dunklen Gassen
verbargen. Jedes Geräusch, jede Bewegung
ließ ihn zusammenzucken. War sie hinter
ihm? Oder bereits vor ihm? Er konnte es
nicht mehr sagen. Alles verschwamm zu einem
Albtraum, aus dem es kein Erwachen gab.

Dann sah er die Tiefgarage. Ein
mehrstöckiger Komplex unter der Oper, kaum
besucht um diese Uhrzeit. Ein perfekter
Ort, um unterzutauchen, um sich einen
Moment zu sammeln. Vielleicht konnte er
durch einen Hinterausgang entkommen,
vielleicht konnte er sich irgendwo

verstecken. Hoffnung keimte in ihm auf, dünn und brüchig, aber dennoch da.

Er sprintete hinein, seine Schritte hallten zwischen den Betonwänden. Die Neonlichter über ihm summten leise, einige flackerten, als würden sie drohend warnen. Schweiß klebte an seiner Haut, seine Knie zitterten, sein Herz pochte so laut, dass es in seinen Ohren dröhnte. Doch als er sich umdrehte – nichts. Kein Schatten, keine Bewegung. War er wirklich allein?

Er ließ sich gegen eine Säule sinken, presste die Hände auf die Knie, versuchte seinen rasenden Atem zu kontrollieren. Vielleicht war das alles nur Einbildung. Vielleicht hatte sie ihn nie verfolgt. Vielleicht war er einfach verrückt geworden.

„David.“

Sein Herz setzte einen Schlag aus. Seine Kehle schnürte sich zu. Die Stimme war leise, fast sanft – aber sie schnitt tiefer als jedes Messer.

Langsam hob er den Kopf. Und da stand sie.

Lena.

Ruhig. Gelassen. Ihre Augen ruhten auf ihm mit einer Kälte, die ihn frösteln ließ.

„Du hast dich ziemlich angestrengt, mich loszuwerden."

David stolperte rückwärts, seine Finger krallten sich in die raue Betonoberfläche hinter ihm. „Lena… bitte."

Sie neigte leicht den Kopf, ihr Lächeln war kaum mehr als ein Hauch. „Bitte was?"

Er öffnete den Mund, doch keine Worte kamen heraus. Sein Verstand war leergefegt, alles, was blieb, war die nackte Angst.

Lena trat einen Schritt näher. Ruhig, beinahe genüsslich. „Du hast mich angelogen, David. Du hast mich betrogen."

Ihre Stimme war weich, beinahe sanft. Doch es machte sie nur noch gefährlicher.

David schüttelte hastig den Kopf. „Es ist Jahre her… Lena, wir waren jung, ich…"

„Jung?" Ein kurzes, bitteres Lachen. „Nein,
David. Wir waren nicht jung. Du warst
einfach nur ein mieser Lügner."

Er schluckte schwer. „Bitte…"

Lena trat noch einen Schritt vor. Und dann
bemerkte er, wo er stand.

Direkt am Rand des offenen
Fahrstuhlschachts.

Die Sicherungstür war nicht richtig
eingerastet – ein dunkler Abgrund unter
ihm, eine schwarze Leere, die auf ihn
wartete. Sein Magen zog sich zusammen.

Er hob die Hände. „Lena… wir können über
alles reden."

Doch sie schüttelte langsam den Kopf. „Es
gibt nichts mehr zu reden."

Dann hob sie die Hand. Und stieß ihn.

Es war kein harter Stoß. Kein brutaler
Angriff. Es war sanft. Fast beiläufig.

Aber es reichte.

David verlor das Gleichgewicht, ruderte mit den Armen, suchte nach Halt, fand keinen.

Für einen winzigen Moment hatte er das Gefühl, er könnte sich noch fangen. Dann kippte er nach hinten.

Sein Blick traf den von Lena.

Ihr Gesicht blieb ruhig. Unbeteiligt.

Dann fiel er.

Sein Schrei zerschnitt die Stille der Tiefgarage. Sekundenlang.

Dann – nichts.

Lena trat an den Rand des Schachts, blickte hinunter.

Mehrere Stockwerke tiefer lag Davids Körper. Regungslos. Zerbrochen. Endgültig.

Ein tiefer Atemzug. Keine Erleichterung. Kein Triumph. Nur Stille.

Nur der kühle Luftzug der Tiefgarage, der an ihrer Haut entlangstrich.

Sie richtete ihr Kleid, drehte sich um und ging langsam zur Ausfahrt. Kein Mensch war da. Niemand hatte etwas gesehen. Kein Beweis.

Es war perfekt.

Sie trat in die kühle Münchner Nacht hinaus, ließ die Dunkelheit hinter sich.

Tief unten, in der kalten Tiefe des Schachts, lag ein weiteres Opfer ihrer Rache.

Doch Lena wusste – das war noch nicht das Ende.

Kapitel 17 – Die nächste Sünde

Die Nacht war erfüllt von Leben. Menschen
lachten, Stimmen mischten sich mit dem
Rauschen der Autos, Gläser klirrten in den
Bars, während in den Restaurants Kerzen
flackerten und leise Gespräche geführt
wurden. München atmete, pulsierte – als
wäre nichts geschehen.

Doch in der Stille einer Tiefgarage lag ein
Körper. Regungslos. Zerbrochen. Niemand
ahnte etwas, niemand bemerkte, dass sich
ein weiteres Kapitel schloss. David war
fort. Aber Lena war noch nicht fertig.

Sie saß in einer kleinen Bar in Haidhausen,
spielte mit dem Weinglas in ihren Fingern,
beobachtete, wie das tiefe Rot der
Flüssigkeit langsam an den Glaswänden
hinabglitt. Gedanken zogen wie Schatten
durch ihren Kopf, geordnet, zielgerichtet.
Sie wusste genau, was sie als Nächstes tun
würde.

Christian Wagner.

David war impulsiv gewesen, ein Lügner, der
sich hinter einem charmanten Lächeln
versteckt hatte. Aber Christian war anders.

Kälter. Raffinierter. Ein Mann, der das
Spiel beherrschte – und genau wusste,
welche Knöpfe er drücken musste. Er hatte
sie nicht einfach nur betrogen, er hatte
mit ihr gespielt, sie manipuliert, ihr
Vertrauen mit geschickter Hand aufgebaut,
nur um es dann beiläufig zu zerstören.

Er war derjenige gewesen, der sie gelehrt
hatte, wie es sich anfühlte, benutzt zu
werden. Wie es war, jemandem sein Herz zu
schenken, nur um dann herauszufinden, dass
es für ihn nie mehr als ein Zeitvertreib
gewesen war. Lena erinnerte sich noch genau
an das Gefühl, als sie die Wahrheit erfuhr.
An den Moment, in dem sie erkannte, dass
sie nicht die Einzige war. Dass jede seiner
Worte, jede Berührung nur eine perfekt
inszenierte Lüge gewesen war.

Sie erinnerte sich an seine Reaktion, als
sie ihn damit konfrontierte. Kein
Schuldbewusstsein, keine Entschuldigung.
Nur ein leichtes, überlegenes Lächeln.

„Du bist süß, wenn du so dramatisch bist."

Diese Worte brannten sich in ihr
Gedächtnis. Und in diesem Moment schwor sie

sich, dass er eines Tages verstehen würde, was wirklich dramatisch war.

Sie wusste, wo sie ihn finden konnte. Christian war ein Gewohnheitsmensch. Jeden Mittwoch ging er ins Fitnessstudio in Schwabing, jeden Freitag in eine exklusive Weinbar, um mit seinen Geschäftspartnern über Deals zu sprechen, und jeden Sonntag joggte er durch die Grünanlagen des Arabellaparks, allein mit seinen Gedanken. Er hielt sich für unberechenbar, für einen Spieler, der immer die Kontrolle hatte. Doch in Wahrheit war er vorhersehbar.

David war in Panik verfallen, hatte seinen eigenen Verstand gegen sich arbeiten lassen. Aber Christian? Christian würde bis zum letzten Moment glauben, dass er die Kontrolle hatte. Dass er es war, der das Spiel spielte. Bis er merkte, dass es kein Spiel mehr war.

Lena nahm ihr Handy aus der Tasche, ließ ihre Finger über das Display gleiten. Ein einziger Satz, einfach, subtil, genau richtig.

„Lass uns reden."

Sie schickte die Nachricht ab, lehnte sich zurück, nippte an ihrem Wein.

Wartend. Lächelnd.

Denn sie wusste – Christian würde antworten.

Kapitel 18 – Das Netz zieht sich zu

Lena lehnte sich zurück, ließ den Rand ihres Weinglases langsam über ihre Lippen gleiten und beobachtete, wie die tiefrote Flüssigkeit darin kleine Wellen schlug. Um sie herum summte das Leben – Stimmen, Lachen, das leise Klirren von Gläsern. Doch all das war nur Hintergrundrauschen. Ihr Blick lag auf dem Handy vor ihr auf dem Tisch. Sie musste nicht lange warten.

Das Display leuchtete auf, und ein leises Vibrieren durchbrach die Geräusche der Bar. Sie griff mit bedächtiger Ruhe nach dem Gerät, als hätte sie die Nachricht nicht längst erwartet. Ihr Daumen glitt über den Bildschirm, und ein kleines, zufriedenes Lächeln stahl sich auf ihre Lippen.

„Lena? Das überrascht mich. Was gibt's?"

Vorsichtig, aber nicht misstrauisch. Noch nicht. Typisch für ihn. Christian glaubte, alles und jeden durchschauen zu können, glaubte, in jeder Situation die Kontrolle zu behalten. Ein Mann, der sich für unantastbar hielt, weil er sich so oft aus brenzligen Situationen herausgewunden hatte. Doch diesmal schrieb Lena das Drehbuch.

Sie ließ ihn warten. Nur ein paar Minuten. Genug, um das Gefühl zu verstärken, dass er nicht derjenige war, der hier das Tempo vorgab. Dann tippte sie langsam ihre Antwort.

„Ich habe dich zufällig in der Stadt gesehen. Hat mich an früher erinnert. Würde mich freuen, wenn wir uns auf einen Drink treffen."

So einfach. So unverfänglich. Und doch eine Lüge. Sie hatte ihn nicht gesehen, sie hatte ihn nicht zufällig irgendwo bemerkt. Aber es spielte keine Rolle. Wichtig war nur, dass *er* es glaubte.

Die Antwort ließ nicht lange auf sich warten.

„Interessant. Ich hätte nicht gedacht, dass du noch mal mit mir reden willst. Aber gut – wann und wo?"

Lena konnte sich vorstellen, wie er da saß, das Handy locker in der Hand, vielleicht ein überlegenes Lächeln im Gesicht. Männer wie Christian glaubten immer, dass Frauen, die sie einmal verletzt hatten, irgendwann zurückkehrten. Dass es nur eine Frage der Zeit war, bis sie wieder an die Tür klopften, unsicher, sehnsüchtig, bereit, alte Wunden zu vergessen.

Wie naiv.

Sie tippte langsam die nächste Nachricht.

„Freitag. 21 Uhr. Ich kenne da eine ruhige Bar."

Sie wusste genau, welchen Ort sie wählen würde. Eine kleine, unauffällige Bar in einem abgelegenen Viertel. Keine Touristen, kaum Stammgäste, niemand, der Fragen stellen würde. Perfekt für ein Gespräch unter vier Augen. Perfekt für den nächsten Akt ihres Spiels.

Sie drückte auf „Senden" und legte das Handy beiseite. Ihr Blick fiel wieder auf das Weinglas, in dem das Licht sich spiegelte, das Rot des Merlots fast so dunkel wie Blut.

Noch zwei Tage.

Dann wäre Christian an der Reihe.

Kapitel 19 – Die perfekte Inszenierung

Freitagabend. Lena hatte sich früh auf den Weg gemacht. Sie wollte sicherstellen, dass alles perfekt war. Die Bar, die sie ausgesucht hatte, lag abseits der belebten Viertel, versteckt in einer ruhigen Seitenstraße, weit entfernt von neugierigen Blicken. Sie trat durch die schwere Holztür und ließ ihren Blick durch den Raum wandern.

Gedämpftes Licht. Dunkle Holztische. Leise Musik, die mehr zur Atmosphäre beitrug, als wirklich gehört zu werden. Es waren nur wenige Gäste hier – ein Pärchen in der Ecke, zwei Männer an der Theke, ein älterer Herr, der allein seinen Wein genoss. Niemand, der sich für sie interessieren würde. Perfekt.

Sie wählte einen kleinen Tisch in der hintersten Ecke, von wo aus sie die Eingangstür im Blick hatte. Ihre Hände waren ruhig, ihr Herz schlug gleichmäßig. Sie wusste, dass er kommen würde. Sie wusste, dass er sich in Sicherheit wiegen würde. Männer wie Christian glaubten immer, die Oberhand zu haben.

Und genau das machte es so einfach.

Sie bestellte ein Glas Merlot, ließ den tiefroten Wein langsam im Glas kreisen und wartete. Minuten verstrichen, doch sie war nicht ungeduldig. Sie genoss diesen Moment. Die Ruhe vor dem Sturm.

Dann ertönte der Türgong.

Lena wusste es, bevor sie ihn sah.

Sie hob kaum merklich den Blick, als Christian die Bar betrat – mit der gleichen Selbstverständlichkeit, die er schon immer besessen hatte. Sein Haar war perfekt gestylt, das Jackett lässig über den Arm geworfen, als wäre er gerade aus einem wichtigen Meeting gekommen. Sein Blick wanderte durch den Raum, und als er sie entdeckte, verzog sich sein Mund zu diesem typischen Lächeln.

Früher hätte dieses Lächeln sie aus der Fassung gebracht. Heute spürte sie nichts.

„Lena.“

Seine Stimme war tief und geschmeidig, als er auf sie zukam. Ohne Einladung setzte er sich ihr gegenüber, lehnte sich entspannt zurück und musterte sie mit diesem herausfordernden Blick, der irgendwo zwischen Interesse und Arroganz lag.

„Das ist wirklich eine Überraschung."

Lena erwiderte sein Lächeln, legte die Hand sanft um ihr Weinglas und neigte sich leicht nach vorn. „Freut mich, dich zu sehen."

Sie ließ ihre Stimme weich klingen, ließ ihn glauben, dass er noch immer Macht über sie hatte. Dass sie ihn von sich aus kontaktiert hatte, weil sie ihn vermisste. Dass sie in Erinnerungen schwelgte und sich nach der Vergangenheit sehnte.

Er bestellte sich einen Whiskey, während sie weiter an ihrem Wein nippte und ihn dabei beobachtete.

„Also, was hat dich dazu gebracht, mir zu schreiben?" fragte er schließlich.

Sie drehte das Glas zwischen den Fingern, betrachtete das Spiel der Lichter in der dunklen Flüssigkeit. „Nostalgie, denke ich. Manchmal erinnert man sich an alte Zeiten und fragt sich, was hätte anders laufen können."

Christian lachte leise, fast gönnerhaft. „Lena, wir hatten eine gute Zeit. Ich verstehe nicht, warum du so lange wütend auf mich warst."

Ihre Finger schlossen sich fester um das Glas. *So lange wütend?* Er tat, als wäre ihre Wut irrational gewesen, als wäre das, was er ihr angetan hatte, nur eine Kleinigkeit.

Sie ließ sich nichts anmerken. Ihr Lächeln blieb. Ihre Stimme blieb ruhig.

„Ich bin nicht mehr wütend."

Sie sah, wie sich sein Blick für den Bruchteil einer Sekunde veränderte. Ein Hauch von Unsicherheit – kaum sichtbar, doch sie erkannte ihn. Aber Christian wäre nicht Christian, wenn er sich davon aus dem Konzept bringen ließ.

Er zwang sein Lächeln zurück, hob sein Glas. „Dann stoßen wir auf den Abschluss an."

Lena tat es ihm gleich. Die Gläser
berührten sich mit einem klaren, reinen
Klang.

Ein letztes Mal würde sie mit ihm trinken.
Ein letztes Mal würde sie ihn in Sicherheit
wiegen.

Dann würde sie ihr Spiel beenden.

Kapitel 20 – Der letzte Drink

Lena ließ den Rand ihres Weinglases sanft
über ihre Unterlippe gleiten, während sie
Christian beobachtete. Sein Whiskeyglas war
fast leer, und mit einem langsamen,
selbstgefälligen Schluck kippte er den
letzten Rest hinunter. Er wirkte gelöst,
entspannt – doch sie erkannte die feinen
Nuancen in seinem Gesichtsausdruck.

Da war ein Funken Neugier, vielleicht auch
ein Hauch von Vorsicht. Aber nicht genug.

Männer wie Christian hielten sich für
unantastbar. Sie glaubten, die
Vergangenheit sei eine abgeschlossene
Sache, ein Spiel, das sie gewonnen hatten.
Und wenn Frauen wie Lena zurückkehrten,
dann nur aus Sehnsucht, aus Schwäche. Sie
wollten noch einmal das Gefühl von damals
spüren, sich an die Zeiten erinnern, in
denen ihr Herz ungeschützt in den Händen
dieser Männer gelegen hatte.

Lena wusste es besser.

Sie setzte ihr Glas an die Lippen, nahm
einen kleinen Schluck, ohne den Geschmack
wirklich wahrzunehmen. Ihr Blick huschte

unauffällig zur alten Uhr über der Bar. Die Zeiger krochen weiter. Es war fast soweit.

Sie hob den Blick zu Christian, ein leichtes Lächeln auf den Lippen. „Weißt du," begann sie in beiläufigem Ton, „ich habe oft an das letzte Mal gedacht, als wir uns gesehen haben."

Christian lehnte sich interessiert vor. „Oh? Und was genau hast du gedacht?"

Lena drehte den Stiel ihres Weinglases zwischen den Fingern, als würde sie über ihre Worte nachdenken. Dann hob sie den Blick und sah ihm direkt in die Augen.

„Wie dumm ich damals war."

Ein leises Lachen entkam Christian. „Ach komm schon, Lena. Wir hatten Spaß, oder nicht?"

„Spaß." Sie wiederholte das Wort langsam, als würde sie es auf der Zunge zergehen lassen, als wäre es eine fremde Sprache, die sie kaum noch verstand.

Christian nahm einen weiteren Schluck, sein Blick nun etwas aufmerksamer. „Irgendwie

klingt das, als würdest du es anders
sehen."

Lena neigte den Kopf leicht zur Seite. „Ich
sehe es klarer. Ich sehe dich klarer."

Ein Augenblick der Stille legte sich
zwischen sie.

Sie sah, wie er die Worte abwog, wie er
versuchte, ihren Blick zu deuten. Doch dann
zuckte er mit den Schultern, ein geübtes
Lächeln auf den Lippen. „Lena, wenn du mich
hierherbestellt hast, um mir alte Vorwürfe
zu machen…"

„Nein." Sie unterbrach ihn sanft, fast
zärtlich. Ihr Lächeln blieb. „Ich wollte
dich nur sehen. Ein letztes Mal."

Er zog eine Augenbraue hoch, öffnete den
Mund, um etwas zu erwidern – doch genau in
diesem Moment vibrierte sein Handy auf dem
Tisch.

Lena sah, wie sein Blick zum Display
wanderte. Für den Bruchteil einer Sekunde
veränderte sich seine Miene. Ein Schatten
huschte über sein Gesicht, kaum
wahrnehmbar, aber für sie deutlich genug.

„Muss kurz ran", murmelte er, schob den Stuhl zurück und stand auf. Das Telefon am Ohr, entfernte er sich ein paar Schritte, drehte sich leicht von ihr weg.

Lena blieb sitzen, ließ ihr Weinglas in kleinen, ruhigen Kreisen rotieren. Sie spürte, wie die Spannung sich langsam aufbaute, wie sich das Netz um ihn zog, ohne dass er es bemerkte.

Er sprach leise, zu leise, als dass sie seine Worte verstehen konnte. Doch sie sah es.

Die winzige Veränderung in seiner Haltung. Die minimale Anspannung seiner Schultern.

Irgendetwas beunruhigte ihn.

Perfekt.

Kapitel 21 – Der erste Riss in der Fassade

Lena legte das Weinglas sanft auf dem Tisch
ab, während sie Christian beobachtete. Er
stand ein paar Schritte entfernt, das Handy
ans Ohr gedrückt, seine Stimme gedämpft,
aber angespannt.

Seine Miene verriet ihm mehr, als ihm
bewusst war. Die Art, wie sich sein Kiefer
bei jedem Wort leicht anspannte, wie seine
Finger das Handy ein wenig zu fest hielten,
als könnte es ihm entgleiten, wenn er nicht
aufpasste. Er wollte die Kontrolle
bewahren, doch sie entglitt ihm bereits.

Lena tat, als würde sie nicht hinsehen, als
wäre sie einfach nur eine Frau, die
geduldig auf ihren Gesprächspartner
wartete. Doch in Wahrheit nahm sie jedes
Detail in sich auf. Die kurzen Pausen in
seiner Rede. Das Heben und Senken seiner
Schultern. Die Art, wie sein Blick unruhig
über den Raum wanderte, ohne wirklich etwas
zu fokussieren.

Irgendetwas an diesem Anruf hatte ihn
verunsichert.

Langsam, ohne Eile, nahm sie einen weiteren Schluck Wein. Die Sekunden zogen sich, und mit ihnen wuchs die Spannung. Schließlich ließ Christian das Handy sinken, atmete durch und steckte es in die Tasche. Dann setzte er eine Fassade auf – ein lockeres Lächeln, scheinbar entspannt. Doch Lena sah die feinen Risse in der Maske.

Er kehrte an den Tisch zurück, griff nach seinem Whiskeyglas und hob es an die Lippen. „Kleine Unterbrechung", sagte er beiläufig, als wäre nichts gewesen.

Lena neigte leicht den Kopf. „Alles in Ordnung?"

„Ja, klar." Er nahm einen Schluck, stellte das Glas mit einer fast zu betonten Lässigkeit ab und sah sie direkt an. „Lena, was genau willst du eigentlich von mir?"

Ah. Da war es.

Er versuchte, die Kontrolle zurückzugewinnen. Sie konnte es hören, spüren. Der forschende Ton in seiner Stimme, das Spiel mit der Dominanz, die er so gewohnt war. Doch er merkte nicht, dass es längst zu spät war.

Lena lehnte sich vor, stützte ihre Arme auf den Tisch und schenkte ihm ein sanftes Lächeln. „Ich wollte dich einfach mal wiedersehen."

Christian musterte sie, als würde er nach einer verborgenen Bedeutung suchen. Dann lachte er leise, trocken. „Komm schon, Lena. Wir beide wissen, dass das nicht stimmt. Du bist nicht der Typ für zufällige Treffen aus Nostalgie."

Sie zuckte mit den Schultern. „Vielleicht hast du recht. Vielleicht will ich dir auch einfach nur etwas zeigen."

Sein Lächeln gefror für den Bruchteil einer Sekunde. „Was denn?"

Lena griff langsam nach ihrer Handtasche, zog ein kleines, gefaltetes Stück Papier heraus und schob es über den Tisch. Ihre Finger ruhten einen Moment darauf, bevor sie es losließ.

Christian sah sie misstrauisch an, bevor er nach dem Papier griff. Er entfaltete es mit einer fast mechanischen Bewegung – und dann verengten sich seine Augen.

Sein Körper verharrte, nur seine Finger bewegten sich noch, als würden sie das Papier unbewusst festhalten.

„Wo hast du das her?" fragte er schließlich, seine Stimme flach.

Lena lächelte. Sie sagte nichts.

Christian legte das Papier vorsichtig auf den Tisch, ließ seine Finger jedoch darauf liegen, als könnte er verhindern, dass die Wahrheit sich ausbreitete. Es war ein Foto. Ein unscheinbares Bild, vor wenigen Tagen aufgenommen.

Darauf zu sehen: Er.

Er, wie er mit einer Frau in einem Café saß. Eine Frau, die nicht seine Freundin war.

Der Schatten, der über sein Gesicht huschte, war unverkennbar.

„Was soll das?" Seine Stimme klang nun kühler.

Lena lehnte sich zurück, verschränkte die Arme locker vor sich. „Ich dachte, du würdest es vielleicht interessant finden."

Er verzog den Mund zu einem gezwungenen Lächeln. „Das ist lange her, Lena. Ich dachte, wir reden hier über die Vergangenheit. Nicht über… sowas."

Sie beobachtete ihn genau. Er wirkte ruhig, doch sie sah, wie sich seine Finger minimal bewegten, als würde er am liebsten das Papier zerknüllen.

„Du hast dich also nicht verändert", stellte sie leise fest.

Christian schüttelte den Kopf, lehnte sich nach hinten und fuhr sich mit der Hand durch die Haare. Er wirkte frustriert, aber auch angespannt. Als würde er versuchen, schnell eine Strategie zu entwickeln.

„Verdammt, Lena. Was willst du?"

Sie ließ das Foto langsam mit den Fingerspitzen über den Tisch gleiten, drehte es um und zurück, als wäre es ein Spielchip.

„Ich will dich daran erinnern, dass sich manche Dinge nie ändern." Ihre Stimme blieb ruhig, fast sanft. „Und dass manche Fehler Konsequenzen haben."

Sein Blick wurde kälter. „Ist das eine Drohung?"

Lena neigte leicht den Kopf und lächelte.

„Nur eine Feststellung."

Für einen Moment sagte Christian nichts. Doch sie konnte es sehen – sein Verstand arbeitete. Er versuchte, sie einzuschätzen, eine passende Antwort zu finden, das Blatt zu wenden.

Aber das war nicht mehr sein Spiel.

Es war ihres.

Und sie würde ihn immer weiter in die Enge treiben.

Kapitel 22 – Der Rückzug

Christian starrte auf das Foto, sein Blick reglos, doch Lena entging nicht, was sich hinter seiner Fassade abspielte. Es war nur ein Bruchteil einer Sekunde – ein kaum wahrnehmbares Zucken in seinem linken Mundwinkel, das angespannte Kinn, die Art, wie seine Finger sich unbewusst um das Papier schlossen, als könnte er es so ungeschehen machen.

Er versuchte, seine Maske aufrechtzuerhalten, doch Lena wusste es besser. Sie konnte es in seinen Augen sehen – den Hauch von Unruhe, das angestrengte Abwägen von Möglichkeiten.

Langsam legte er das Foto auf den Tisch, schob es mit zwei Fingern zurück zu ihr. Seine Bewegung wirkte beiläufig, doch sie spürte die Spannung darin.

„Netter Versuch, Lena." Seine Stimme klang ruhig, kontrolliert. Doch da war etwas – ein kaum merkliches Beben in seinen Worten, das verriet, dass er es nicht ganz schaffte, sich selbst zu überzeugen.

Lena lehnte sich vor, spielte gedankenverloren mit dem Stiel ihres Weinglases. Sie ließ die Worte einen Moment in der Luft hängen, bevor sie schließlich antwortete:

„Kein Versuch, Christian. Eine Erinnerung."

Er lachte trocken auf, schüttelte leicht den Kopf. „Eine Erinnerung? Bitte." Seine Lippen verzogen sich zu einem Lächeln, das zu angespannt war, um echt zu sein. „Wir beide wissen, dass du das hier genießt. Du willst mich provozieren, mir zeigen, dass du irgendetwas gegen mich in der Hand hast. Aber weißt du was?" Er beugte sich leicht nach vorne, seine Stimme wurde leiser. „Das ist mir egal."

Sein Blick bohrte sich in ihren, als wollte er prüfen, ob seine Worte Wirkung zeigten. Doch Lena blieb vollkommen ruhig. Sie beobachtete ihn nur, ließ ihn reden.

Er hielt den Augenkontakt einen Moment zu lange, als müsste er sich selbst überzeugen, dann stand er abrupt auf. Die plötzliche Bewegung ließ das Glas auf dem Tisch leicht erzittern. Er griff nach seiner Jacke, zog sie mit einer schnellen

Bewegung über den Arm und warf ein paar Scheine auf die Tischplatte.

„Ich verschwende hier keine Zeit mehr." Seine Stimme war nun härter. „Wenn du mich unbedingt sehen wolltest, dann hast du dein kleines Spiel jetzt gespielt. Aber für mich ist es vorbei."

Lena hob eine Augenbraue, ein kaum sichtbares Lächeln umspielte ihre Lippen.

„Bist du dir da sicher?"

Er zögerte. Nur für einen Sekundenbruchteil.

Doch es reichte.

Sein Kiefer mahlte, und er zwang ein angedeutetes Lächeln auf seine Lippen. „Pass auf dich auf, Lena."

Dann drehte er sich um und ging.

Lena blieb sitzen. Sie hatte es nicht eilig.

Sie nahm einen weiteren Schluck Wein, ließ das Glas langsam wieder auf den Tisch sinken und beobachtete, wie sich Christian durch die Bar bewegte. Sein Gang war bestimmt, seine Schultern straff – doch sie erkannte es trotzdem.

Er ging schneller, als es nötig gewesen wäre.

Draußen verschwand er in der Menge, seine Silhouette wurde von den Lichtern der Stadt verschluckt.

Lena lehnte sich zurück, legte eine Hand locker auf das Foto, das immer noch auf dem Tisch lag. Sie wusste, dass Christian sich diesem Spiel entziehen wollte.

Aber es spielte keine Rolle.

Sie hatte einen anderen Plan.

Und morgen würde sie ihren nächsten Zug machen.

Diesmal würde er nicht so leicht entkommen.

Kapitel 23 – Der Schachzug

Lena hatte auf Widerstand vorbereitet sein
müssen. Doch dass Christian sich so abrupt
zurückzog, war weniger eine Überraschung
als eine Herausforderung.

Männer wie er hielten sich für unantastbar.
Sie glaubten, sie könnten jederzeit eine
Tür schließen und alles hinter sich lassen.
Doch sie verstanden nicht, dass manche
Türen nicht nur zufielen. Manche wurden
verriegelt. Und Lena hatte den Schlüssel.

Freitagmorgen

Lena erwachte mit einem Gefühl der
Klarheit. Sie brauchte keinen Kaffee, um
wach zu werden – die kühle Vorfreude
reichte aus. Die Nacht hatte ihr Zeit
gegeben, ihre nächsten Schritte sorgfältig
zu planen.

Heute würde sie den Spieß umdrehen.

Sie zog sich unauffällig an – dunkle Jeans,
ein schwarzer Mantel, schlichte
Stiefeletten. Etwas, das sie in der Masse

verschwinden ließ. Dann verließ sie ihre
Wohnung, ihr Plan war bereits in Bewegung.

Ihr erstes Ziel: Christians Arbeitsplatz.

Er arbeitete in einer großen Münchner
Marketingagentur, untergebracht in einem
modernen Bürogebäude nahe der
Maximilianstraße. Ein Ort voller Menschen,
voller Ablenkung – und voller
Schwachstellen.

Lena wusste, dass er freitagmorgens immer
gegen halb neun ankam. Er war ein
Gewohnheitsmensch. Routinen machten ihn
berechenbar.

8:15 Uhr.

Sie parkte ein paar Straßen entfernt, zog
ihren Mantel enger um sich und
positionierte sich unauffällig in
Sichtweite des Gebäudes. Fußgänger zogen an
ihr vorbei, vertieft in ihre eigenen
Gedanken, ihre eigenen Leben. Keiner
achtete auf sie.

Punkt 8:28 Uhr tauchte Christian auf.

Er stieg aus seinem Wagen – ein silberner
Audi, makellos wie immer. In der einen Hand
hielt er einen Coffee to-go, in der anderen
sein Handy. Er lachte über etwas, das sein
Gesprächspartner sagte – locker,
selbstbewusst. Als wäre der gestrige Abend
nichts gewesen.

Perfekt.

Lena wartete, bis er im Gebäude
verschwunden war. Sie zählte innerlich bis
zehn, dann zog sie ihr Handy aus der
Tasche. Ihre Finger glitten über das
Display, öffneten die vorbereitete
Nachricht.

„Guten Morgen, Christian. Hoffentlich hast
du gut geschlafen. Ich dachte, du solltest
wissen, dass ich noch ein paar mehr
Erinnerungen gefunden habe. Vielleicht
sollten wir noch mal reden."

Ein kurzer Moment des Zögerns. Dann drückte
sie auf Senden.

Sie lehnte sich gegen die kalte Mauer
hinter sich und beobachtete ihr Handy.

Gelesen. 8:33 Uhr.

Doch keine sofortige Antwort.

Ein Lächeln huschte über ihre Lippen.

Lena stellte sich vor, wie er gerade in seinem Büro saß, das Handy in der Hand, während ihm ein unangenehmes Ziehen in der Magengegend bewusst wurde. Wie er sich fragte, ob er die Nachricht ignorieren konnte. Wie sein Herz einen Schlag schneller schlug, als er überlegte, was sie meinte.

Vielleicht glaubte er, dass er die Kontrolle hatte, nur weil er gestern aus der Bar verschwunden war.

Doch das hier war ihr Spiel.

Und sie war noch lange nicht fertig.

Kapitel 24 – Verlust der Kontrolle

Lena ließ das Handy sinken und beobachtete die Straße vor sich. Die Sonne hing tief zwischen den Gebäuden, ihr Licht warf lange Schatten auf das Kopfsteinpflaster. Die Luft war kalt und klar, doch Lena spürte eine unsichtbare Spannung um sich herum – als würde sich die Welt mit ihrem Plan verdichten.

Christian hatte ihre Nachricht gelesen. Aber er hatte nicht geantwortet.

Das bedeutete nur eines: Sie hatte ihn verunsichert.

Ein Mann wie er hatte zwei Möglichkeiten – ignorieren oder reagieren. Ignorieren hieß, dass er sich sicher fühlte. Reagieren bedeutete, dass er sich bedroht fühlte. Und Christian hasste es, die Kontrolle zu verlieren.

Lena schmunzelte.

Sie wusste, dass er in seinem Büro saß, wahrscheinlich hinter einem Schreibtisch aus dunklem Holz, in einem Raum mit Panoramafenstern, die über die Dächer

Münchens blickten. Vielleicht trommelten
seine Finger nervös auf der Tischplatte.
Vielleicht rieb er sich sein Kinn, eine
Angewohnheit, die er immer dann zeigte,
wenn er nachdachte.

Egal, was er gerade tat – er grübelte über
ihre Nachricht.

Sie ließ ihn schwitzen.

Dreißig Minuten vergingen.

Dann nahm sie ihr Handy und tippte langsam
die nächsten Worte ein:

„Schweigen? Das passt gar nicht zu dir. Ich
dachte, du wärst immer ein Mann der Worte.“

Ein kurzes Zögern, dann drückte sie auf
Senden.

Ein Spiel.

Ein Kräftemessen.

Sie konnte sich förmlich vorstellen, wie
sein Handy in seiner Hosentasche vibrierte,
wie sein Blick darauf fiel. Vielleicht war
er gerade in einem Meeting. Vielleicht war
er umgeben von Kollegen, die ihn für

souverän und unantastbar hielten. Doch
jetzt, in diesem Moment, gehörte seine
Aufmerksamkeit nur ihr.

Es dauerte nicht lange.

Ihr Handy vibrierte.

„Lena, was soll das? Hör auf mit dem
Spiel."

Lena lächelte.

„Oh, aber du spielst doch so gerne,
Christian."

Sie stellte sich vor, wie sich sein Kiefer
anspannte. Wie seine Finger fester um das
Handy schlossen.

Ein paar Sekunden verstrichen.

Dann kam die nächste Nachricht.

„Was willst du?"

Endlich.

Lena ließ sich Zeit. Sie wusste, dass das
Warten für ihn schlimmer war als eine
sofortige Antwort.

Dann tippte sie:

„Ein Treffen. Heute Abend. Und diesmal
wirst du nicht einfach aufstehen und
gehen."

Ein Moment der Stille.

Dann: „Vergiss es."

Falsch geantwortet.

Lena schüttelte leicht den Kopf. Sie ließ
das Foto – dasselbe, das er am Abend zuvor
gesehen hatte – erneut in ihren
Nachrichtenverlauf gleiten. Dann fügte sie
nur einen einzigen Satz hinzu:

„Dann werde ich mich wohl an jemand anderen
wenden müssen."

Diesmal kam seine Antwort sofort.

„20 Uhr. Wo?"

Lena lehnte sich zurück, ihr Herz schlug
ruhig. Ein leises Kribbeln durchzog ihre
Fingerspitzen.

„Ich sag dir den Ort später. Sei
pünktlich."

Dann legte sie das Handy weg und atmete
tief durch.

Das Spiel lief genau nach Plan. Und heute
Abend würde sie den nächsten Zug machen.

Kapitel 25 – Die Falle schnappt zu

Den ganzen Tag über blieb Christian still. Keine Nachrichten, keine Anrufe, keine Versuche, sie umzustimmen. Doch Lena wusste, dass er nachdachte. Dass er in seinem Büro saß, vielleicht mit gerunzelter Stirn auf den Bildschirm starrte oder mit seinem Stift auf die Tischplatte klopfte.

Er suchte einen Ausweg. Aber es gab keinen.

Als der Abend nahte, wählte Lena den Treffpunkt sorgfältig aus. Eine unscheinbare Bar in einem Hinterhof, verborgen zwischen Altbau-Fassaden und Kopfsteinpflaster. Nicht zu belebt, aber auch nicht verlassen genug, dass Christian sich unwohl fühlen würde. Ein Ort, an dem er sich sicher genug fühlen konnte, um nicht misstrauisch zu werden – aber isoliert genug, um ihm das Gefühl zu geben, die Kontrolle zu verlieren.

20:00 Uhr.

Lena saß bereits an einem Tisch in der hinteren Ecke, als er die Bar betrat. Sie sah ihn sofort – die angespannte Haltung, den scharfen Blick, mit dem er den Raum absuchte. Er zögerte, als er sie entdeckte. Ein Moment, ein Wimpernschlag der Unsicherheit. Dann setzte er sich in Bewegung.

Als er näher kam, musterte Lena ihn genau. Seine Kiefermuskeln waren angespannt. Er hielt seine Schultern zu straff. Sein Gang war ein Hauch zu schnell, als wolle er die Situation so rasch wie möglich hinter sich bringen.

Er war nervös.

„Lena." Seine Stimme war kontrolliert, aber sie hörte die Härte darin.

„Christian." Sie lächelte sanft und deutete auf den Platz ihr gegenüber.

Er ließ sich auf den Stuhl sinken, zog nicht einmal die Jacke aus. Seine Arme blieben verschränkt, die Schultern leicht nach vorne gerollt. Eine Abwehrhaltung.

Er ist bereit zu kämpfen.

„Also", begann er mit kühler Stimme. „Hier bin ich. Was willst du?"

Lena nahm sich Zeit. Sie hob ihr Weinglas, nahm einen kleinen Schluck, ließ den Geschmack einen Moment auf der Zunge, bevor sie das Glas wieder auf den Tisch stellte.

Dann sah sie ihn an. Direkt.

„Ich wollte sehen, wie lange es dauert, bis du begreifst, dass du nicht entkommen kannst."

Ein Muskel in seinem Kiefer zuckte.

„Lena, das ist lächerlich." Er lachte kurz, doch es klang nicht echt. „Du glaubst doch nicht wirklich, dass du mich damit einschüchtern kannst."

Lena ließ sich nicht aus der Ruhe bringen. Sie beugte sich leicht vor, legte die Fingerspitzen auf den Tisch und sagte ruhig:

„Nein. Ich glaube, dass ich dich kontrollieren kann."

Sein Blick verengte sich. Dann schüttelte er den Kopf und lehnte sich zurück.

„Das glaubst du wirklich?" Sein Tonfall war amüsiert, aber in seinen Augen lag etwas anderes.

Lena griff in ihre Handtasche, zog ihr Handy hervor. Sie entsperrte es mit einer mühelosen Bewegung, tippte ein paar Mal darauf – dann drehte sie das Display langsam um, sodass er es sehen konnte.

Christian beugte sich vor, sein Blick fiel auf den Bildschirm.

Und dann … erstarrte er.

Stille.

Sein Gesicht veränderte sich innerhalb eines Augenblicks. Seine Pupillen weiteten sich, seine Lippen wurden zu einem schmalen Strich.

Er blinzelte. Noch einmal.

Dann riss er den Blick von dem Bild los und starrte sie an.

„Was zum Teufel…?"

Auf dem Bildschirm war ein Foto zu sehen.

Nicht nur von ihm. Sondern auch von seiner Freundin. Zusammen. In ihrer Wohnung. Fotografiert durch das Fenster.

Lena konnte sehen, wie sein Verstand in Sekundenbruchteilen arbeitete. Die Panik war da – noch nicht offen, noch nicht völlig außer Kontrolle, aber sie lauerte unter der Oberfläche.

Er schluckte. „Lena, das geht zu weit. Das hier ist krank."

Sie schüttelte langsam den Kopf und lächelte.

„Oh, Christian. Wir haben doch gerade erst angefangen."

Er atmete schwer aus, rieb sich mit einer Hand über das Gesicht. Dann schob er die Hände durch sein Haar und lehnte sich abrupt zurück.

Dann stand er auf.

Lena blieb vollkommen ruhig sitzen. Sie rührte sich nicht, hob nicht einmal eine Augenbraue.

Er wollte fliehen.

Doch diesmal würde sie ihn nicht so einfach davonkommen lassen.

Ihre Stimme war leise, fast sanft.

„Setz dich."

Er blieb stehen, die Hände an der Tischkante. Für einen Moment sah es aus, als würde er sich nicht fügen. Als wollte er einfach gehen, den ganzen Raum, die ganze Situation hinter sich lassen.

Doch sie sah es in seinen Augen.

Nicht nur Angst.

Verzweiflung.

Langsam, wie in Zeitlupe, ließ er sich zurück in den Stuhl sinken.

Er wusste es.

Er hatte verloren.

Kapitel 26 – Kein Ausweg

Christian saß wieder, aber sein Körper war steif, als würde er bei der geringsten Bewegung aufspringen. Seine Hände lagen flach auf dem Tisch, doch Lena bemerkte, wie seine Finger sich immer wieder leicht anspannten, als könnte er seine Nervosität nicht ganz verbergen.

Sein Blick hing für einen Moment an dem Handy, das nun wieder in Lenas Hand ruhte, der Bildschirm dunkel. Doch er musste das Bild nicht mehr sehen – es hatte sich längst in sein Gedächtnis gebrannt.

Langsam hob er den Kopf. Seine Stimme war leise, gepresst. „Was willst du von mir?"

Lena ließ sich Zeit mit der Antwort. Sie musterte ihn, als würde sie überlegen, wie viel sie ihm gewähren wollte. Diesen Moment hatte sie sich ausgemalt. Das Zittern in seiner Stimme, die Verzweiflung in seinen Augen – das Wissen, dass er jetzt in ihrer Hand lag, so wie sie einst in seiner gewesen war.

Endlich antwortete sie.

„Ich will dich nachdenken lassen."

Christian schnaubte, eine Mischung aus Wut und Unglauben. „Nachdenken? Worüber?"

Lena beugte sich leicht vor, ihre Stimme war ruhig, fast sanft.

„Über all die Fehler, die du gemacht hast. Über all die Frauen, die du betrogen hast. Über all die Lügen, die du erzählt hast, weil du dachtest, du könntest damit durchkommen."

Sein Kiefer mahlte. Seine Augen flackerten kurz, dann schüttelte er den Kopf und fuhr sich mit einer Hand durchs Gesicht.

„Lena, verdammt." Seine Stimme klang heiser, fast erschöpft. „Das ist Jahre her. Was bringt dir das jetzt noch? Willst du mich bestrafen? Mich zerstören?"

Sie hielt seinem Blick stand, ihre Augen dunkel, ein Schatten von etwas Undefinierbarem lag darin.

„Ich will, dass du verstehst, wie es sich anfühlt, keine Kontrolle mehr zu haben."

Sein Atem ging schwerer. Sie sah es in
seinen Augen – den Kampf. Den verzweifelten
Versuch, einen Ausweg zu finden. Doch es
gab keinen.

Seine Finger krümmten sich unbewusst zu
Fäusten. Zum ersten Mal wich sein Blick
aus.

Er presste die Lippen aufeinander, als
müsse er seine Gedanken ordnen. Dann, nach
einem langen Moment des Schweigens, fragte
er leise: „Und dann?"

Lenas Lippen zuckten, kaum merklich. Ein
Schatten eines Lächelns.

„Dann werde ich sehen, ob du klug genug
bist zu erkennen, dass du verloren hast."

Stille.

Das Geräusch von gedämpften Gesprächen, das
Klingen von Gläsern im Hintergrund der Bar
– es wurde bedeutungslos. Für Christian
existierte in diesem Moment nur noch sie.

Langsam, fast bedächtig, stand Lena auf.
Sie griff nach ihrer Tasche, strich mit der
Hand über den Riemen, als würde sie sich

Zeit lassen. Dann sah sie noch einmal zu ihm hinunter.

„Ich melde mich.‟

Ihre Stimme war weich, beinahe sanft – doch in ihrem Ton lag eine endgültige Schärfe.

Ohne ein weiteres Wort drehte sie sich um und verließ die Bar.

Christian rührte sich nicht.

Er saß einfach nur da, die Augen leer auf den Tisch gerichtet, als hätte sie ihm soeben den Boden unter den Füßen weggezogen.

Und genau das hatte sie auch getan.

Kapitel 27 – Feuer und Beton

Lena wusste, dass Christian nicht einfach klein beigeben würde. Männer wie er hielten sich bis zum letzten Moment für unantastbar, als könnten sie mit bloßer Willenskraft jede Situation zu ihren Gunsten wenden. Doch heute Nacht würde er lernen, was es bedeutete, wirklich machtlos zu sein.

Sie hatte den Ort mit Bedacht gewählt – das Dach eines ehemaligen Hotels am Arabellapark. Ein verlassenes Hochhaus, das seit Jahren leer stand. Keine Kameras, keine Zeugen. Nur Beton, Dunkelheit und die Stille, die hoch über der Stadt noch bedrohlicher wirkte.

23:00 Uhr.

Der Wind schnitt eisig durch die Nacht, peitschte über die ungesicherte Dachkante und ließ das Licht der Straßenlaternen weit unter ihnen flackern. Lena stand ruhig da, die Hände locker in den Taschen ihres Mantels, ihr Blick auf die Dächer der Stadt gerichtet.

Dann hörte sie Schritte hinter sich.

Gleichmäßige, aber vorsichtige Schritte. Er war gekommen. Natürlich war er gekommen.

„Lena."

Seine Stimme war angespannt, aber er versuchte, die Kontrolle zu behalten. Ein Mann, der gewohnt war, das letzte Wort zu haben.

„Warum zum Teufel treffen wir uns hier?"

Sie drehte sich langsam zu ihm um. Ihr Gesicht war ausdruckslos, ihre Augen nur ein wenig zu hell in der Dunkelheit.

„Ich wollte, dass du die Aussicht genießt."

Christian sah sich um. Die Stadt erstreckte sich in alle Richtungen – unzählige Straßen, leuchtende Fenster, Menschen, die in dieser Nacht lebten, ohne zu ahnen, was hier oben geschah.

Dann richtete sich sein Blick wieder auf sie. „Das hier muss aufhören."

Lena schmunzelte. „Das wird es auch. Heute Nacht."

Er runzelte die Stirn. „Was soll das heißen?"

Sie antwortete nicht sofort. Stattdessen zog sie langsam ihr Handy hervor, entsperrte den Bildschirm und hielt es ihm entgegen.

Ein Bild.

Von seiner Freundin.

In ihrer Wohnung.

Heute aufgenommen.

Christian erstarrte. Die Farbe wich aus seinem Gesicht. Sein Blick flog von dem Bild zu ihr, zurück zum Handy, wieder zu ihr.

„Was hast du getan?"

Seine Stimme war kaum mehr als ein Flüstern.

Lena lächelte. „Noch nichts." Sie ließ sich Zeit mit der Antwort, spielte mit der Spannung. „Aber du weißt, dass ich es könnte."

Sein Atem wurde schneller. „Lena, verdammt. Wenn du ihr auch nur—"

„Shhh." Sie hob eine Hand. „Es geht hier nicht um sie. Es geht um dich."

Er machte einen Schritt auf sie zu, dann hielt er inne.

Er hatte es bemerkt.

Den Geruch.

Sein Blick senkte sich. Der Boden um seine Füße glänzte schwach im schummrigen Licht.

Benzin.

Ein kaltes Zittern lief über sein Gesicht. „Lena…"

Sie zog ein Streichholz aus ihrer Tasche, drehte es spielerisch zwischen Daumen und Zeigefinger.

„Weißt du noch, wie oft du mir gesagt hast, dass ich nichts Besonderes bin?" Ihre Stimme war weich, fast nachdenklich. „Dass du mich vergessen würdest?"

Er hob die Hände, als wollte er sie beschwichtigen. „Lena, hör mir zu. Es tut mir leid. Was immer du denkst — ich habe nie gewollt, dass es so endet."

„Aber es endet so."

Sie riss das Streichholz an ihrer Jeans.

Die kleine Flamme erwachte zum Leben, warf einen zitternden Lichtschein auf ihr Gesicht.

Christian stolperte zurück. „Nein. Lena, bitte—"

Sie ließ das Streichholz fallen.

Das Benzin fing sofort Feuer.

Die Flammen schlugen mit einem zischenden Geräusch um seine Beine, züngelten höher, leuchteten in seinen panischen Augen auf.

Er taumelte, schlug mit den Händen um sich, aber das Feuer war schneller. Es biss sich an seiner Kleidung fest, lief an seinem Körper empor.

Dann kam der erste Schrei.

Ein markerschütternder Laut, der hoch über die Stadt getragen wurde, sich in die Nacht fraß.

Lena trat einen Schritt zurück, betrachtete ihn, während sich das Licht der Flammen in ihren Augen spiegelte.

Christian torkelte, trat unkontrolliert nach hinten – sein Instinkt suchte nach einem Fluchtweg, nach etwas, das die Flammen stoppen konnte.

Aber es gab nichts.

Nur den Rand des Daches.

Er stolperte.

Für einen Moment schien er in der Luft zu hängen, als würde die Welt ihm noch einen letzten Atemzug gönnen.

Dann fiel er.

Sein brennender Körper raste in die Tiefe.

Die Stadt nahm keine Notiz davon. Autos fuhren weiter. Menschen gingen ihren Weg.

Unten schlug er mit einem dumpfen Laut auf.

Lena stand noch einen Moment da, ließ den Wind über ihre Haut streichen, das Flackern der Flammen in ihren Augen tanzen.

Dann drehte sie sich um und verschwand in der Dunkelheit.

Christian war Vergangenheit.

Und sie war bereit für ihr nächstes Spiel.

Kapitel 28 – Kein Zurück

Das kleine Café am Gärtnerplatz war gut besucht. Gespräche summten in der Luft, vermischt mit dem Klirren von Besteck auf Porzellan und dem gelegentlichen Lachen einer Gruppe in der Ecke. Der Duft von frisch gebackenen Croissants, von Zimt, von warmer Milch lag schwer in der Luft. Doch Lena nahm all das kaum wahr.

Sie saß allein an einem Tisch am Fenster, die Finger um eine Tasse schwarzen Kaffees gelegt. Die Wärme drang durch das Porzellan in ihre Haut, doch in ihr selbst war es kalt.

Vor ihr lag die aufgeschlagene Zeitung. Ihre Augen glitten über die großen, fettgedruckten Buchstaben, die die heutige Schlagzeile zierten:

„Mann stürzt in Flammen vom Hochhaus – Polizei geht von tragischem Unfall aus.“

Ein Unfall.

Lena spürte, wie sich ein amüsiertes Lächeln auf ihre Lippen schlich.

Christian war Geschichte.

Und niemand ahnte, dass sie es gewesen war, die ihn ins Feuer gestoßen hatte.

Langsam blätterte sie weiter, ließ den Blick über die ersten Zeilen des Artikels wandern. Die Polizei hatte keine Anzeichen für ein Verbrechen gefunden. Angeblich hatte sich Christian selbst entzündet – ein unglücklicher Moment der Selbstzerstörung. Ein tragischer Vorfall, der bald zu den Akten gelegt werden würde.

Perfekt.

Sie nahm einen Schluck von ihrem Kaffee, ließ den heißen, bitteren Geschmack auf ihrer Zunge zergehen, während sie das Gefühl genoss, das durch ihren Körper strömte. Es war keine Erleichterung. Keine Genugtuung. Es war... Kontrolle.

Doch tief in ihrem Inneren regte sich etwas.

Ein leises Kribbeln.

Es war vorbei – aber es fühlte sich nicht wie ein Ende an.

Christian hatte sie betrogen. Er hatte ihr Vertrauen mit Füßen getreten, ihre Liebe missbraucht, ihr Herz zerschmettert. Und jetzt war er tot. Er hatte bekommen, was er verdiente.

Aber war er wirklich der Letzte?

Lena legte die Zeitung beiseite.

Ihr Blick fiel nach draußen, auf die Straßen von München, auf die Menschen, die lachend an den Tischen saßen, telefonierend vorbeihasteten, sich in Gesprächen verloren. All die Männer, die da draußen herumliefen. Männer, die glaubten, sie könnten tun, was sie wollten. Männer, die glaubten, es würde niemals Konsequenzen geben.

Ihr Blick wurde schärfer.

Es gab noch andere.

Männer, die sie benutzt hatten. Die sie belogen hatten. Die ihr etwas versprochen und es dann mit einem Achselzucken zerschlagen hatten.

Sie dachte an David. An Tobias. Und dann an ihn.

Felix Hansen.

Lenas Herz schlug schneller.

Er lebte noch.

Noch.

Sie lehnte sich langsam zurück, zog ihr Handy aus der Manteltasche. Ihr Daumen strich über das Display, während sie einen alten Chatverlauf öffnete.

Seine Nachrichten.

Worte, die ihr damals so viel bedeutet hatten.

Versprechen. Lügen.

Dann das letzte, kurze „Tut mir leid", als er sie mit einer anderen zurückließ.

Ihre Finger verharrten für einen Moment über dem Bildschirm.

Sie wusste, wo er arbeitete. Sie wusste, wo er wohnte. Sie wusste, wie er sich bewegte, welche Gewohnheiten er hatte.

Lena legte das Handy auf den Tisch, drehte die Tasse in ihren Händen, während ein kaltes Lächeln über ihre Lippen huschte.

Es war an der Zeit.

Die Vergangenheit würde nicht ruhen, bis sie ausgelöscht war.

Das Spiel war noch nicht vorbei.

Kapitel 29 – Verlockung und Verrat

Die Lichter der Boutique funkelten im Glas wie Sterne, als Lena vor dem Schaufenster in der Sendlinger Straße stand. Goldene Armbänder, mit Diamanten besetzte Uhren, elegante Perlenketten – kostbare Versprechen von Schönheit und Reichtum, eingefangen in makellosem Glas. Doch Lenas Augen ruhten nicht auf den Preziosen.

Sie spiegelten sich in der Scheibe – zusammen mit der Silhouette eines Mannes hinter ihr.

Felix.

Er stand nur wenige Meter entfernt, das Telefon lässig ans Ohr gehoben, die Lippen zu einem charmanten Lächeln verzogen. Seine Stimme war ruhig, kontrolliert, voller Selbstbewusstsein. Dieselbe selbstsichere Haltung, derselbe makellose Anzug, der wie auf seinen Körper zugeschnitten wirkte.

Er hatte sich nicht verändert.

Ein kurzer Moment reichte aus, um alles wieder hochzuholen.

Felix war nicht der Erste gewesen, der sie betrogen hatte. Aber er war derjenige, der ihr eine andere Welt gezeigt hatte. Eine Welt, in der Geld Türen öffnete, wo Status alles war und Menschen nur Figuren auf einem Schachbrett.

Er hatte sie in die teuersten Restaurants geführt, sie in exklusiven Clubs an seiner Seite präsentiert, ihr Designer-Kleider gekauft, die sanft über ihre Haut geglitten waren. Er hatte ihr gezeigt, wie man sich in Kreisen bewegte, in denen Macht mit einem Lächeln erkauft und Vertrauen mit Champagner getäuscht wurde.

Und dann hatte er sie genauso mühelos entsorgt, wie er sie ausgewählt hatte.

Sein Lächeln, seine Berührungen, die funkelnden Geschenke – alles eine Inszenierung. Lena hatte geglaubt, Teil seiner Welt zu sein. Bis sie herausfand, dass sie nur eine von vielen war.

Seine Worte hallten noch immer in ihrem Kopf.

„Es war nie etwas Ernstes, Lena. Du hast das falsch verstanden."

Falsch verstanden.

Sie atmete tief ein, ließ die kühle Luft durch ihre Lungen strömen, als würde sie die Vergangenheit mit einem Atemzug fortblasen. Doch sie wusste, dass es nicht so einfach war.

Damals hatte sie naiv gewesen.

Jetzt nicht mehr.

Langsam senkte sie den Blick, ließ ihre Finger beiläufig über den Rand ihrer Handtasche gleiten. Sie drehte sich um – elegant, kontrolliert, als wäre es nichts weiter als eine zufällige Bewegung. Ihr Herz schlug ruhig.

Sie ging an ihm vorbei.

Ihre Schulter streifte beinahe seine, nur ein Hauch einer Berührung. Eine, die so zufällig wirkte, dass sie nicht einmal auffällig war – und doch genug, um etwas in ihm auszulösen.

Er bemerkte sie nicht sofort.

Doch dann spürte sie es.

Diesen Moment der Verzögerung. Das Stocken seines Atems.

Sie konnte es nicht sehen, aber sie wusste, dass er sie nun ansah.

Sie konnte fast hören, wie sich sein Verstand zu drehen begann.

Eine flüchtige Begegnung? Ein Zufall? Oder war es mehr?

Sie wollte, dass er sich erinnerte. Dass sein Geist unruhig wurde. Dass er nachts wach lag und sich fragte, ob das nur eine Begegnung in einer belebten Straße war – oder ob sein Leben gerade eine unerwartete Wendung nahm.

Lena ließ ein sanftes Lächeln über ihre Lippen huschen, als sie um die nächste Ecke verschwand.

Das Spiel hatte begonnen.

Kapitel 30 – Die Kunst der Täuschung

Lena stand an der Bar eines der exklusivsten Hotels Münchens, ein Glas Champagner in der Hand. Die goldene Flüssigkeit schimmerte im gedämpften Licht der Kronleuchter, reflektierte die Eleganz des Ortes. Um sie herum herrschte die kultivierte Gelassenheit jener, die es gewohnt waren, in solchen Kreisen zu verkehren. Die leise Jazzmusik, das sanfte Klirren von Gläsern, die gedämpften Gespräche über Aktien, Kunst und Macht – all das war vertraut.

Es war die Welt, die Felix ihr einst gezeigt hatte.

Und heute Nacht war sie bereit, sie gegen ihn zu nutzen.

Lena ließ ihren Blick unauffällig durch den Raum gleiten. Da saß er. Selbstbewusst, mit ausgestreckten Beinen in einer der luxuriösen Lounge-Ecken, ein Glas teuren Gin in der Hand. Seine Begleiter, zwei ältere Männer mit perfekt sitzenden Maßanzügen, hingen an seinen Lippen. Felix erzählte etwas – eine Anekdote, vielleicht eine geschickte Lüge, die seine Zuhörer beeindrucken sollte. Sein Lachen klang tief, fast beiläufig.

Doch dann geschah es.

Für einen Sekundenbruchteil blieb sein Blick an ihr hängen.

Lena tat, als hätte sie es nicht bemerkt. Sie spielte mit ihrem Glas, ließ ihre Finger über den schlanken Stiel wandern, als wäre sie völlig in Gedanken versunken. Felix war kein Mann, den man frontal konfrontierte. Er war ein Jäger, ein Mann, der glaubte, jede Situation zu kontrollieren. Man musste ihn locken, ihm die Illusion geben, dass er die Zügel in der Hand hielt.

Und so ließ sie ihm Zeit.

Sie wartete. Zwanzig Minuten verstrichen. Dann stand sie auf. Langsam. Elegant. Sie schlenderte aus der Bar, ihre Absätze hallten leise auf dem polierten Marmorboden. Kein Blick zurück, kein Zögern. Sie wusste, dass er ihr folgen würde.

Draußen auf der Terrasse umfing sie die frische Nachtluft. Die Lichter der Stadt funkelten unter ihr, glitzernde Straßen, endlose Möglichkeiten. Lena lehnte sich mit einer fast beiläufigen Bewegung gegen das Geländer, zog eine Zigarette aus ihrer Tasche und ließ sie mit einem leisen Klicken aufflammen. Der Rauch kräuselte sich in der kühlen Luft.

Es dauerte nicht einmal eine Minute.

Die schwere Tür hinter ihr öffnete sich. Schritte. Ruhig, selbstsicher.

„Lena?"

Sie drehte sich langsam um, ließ den Rauch träge durch ihre Lippen gleiten. Ihre Augen funkelten.

„Felix."

Er musterte sie, amüsiert, aber auch neugierig. Ein Mann wie Felix war nie überrascht – oder er ließ es sich nicht anmerken. Doch sie erkannte das winzige Zucken an seinem Mundwinkel. Die Art, wie sein Blick für eine Sekunde auf ihren Lippen ruhte.

„Das ist eine Überraschung", sagte er
schließlich.

Lena hob eine Augenbraue. „Ist es das?"

Sie ließ ihre Worte in der Luft schweben,
beobachtete, wie er auf sie reagierte.
Felix war immer ein Spieler gewesen – aber
dieses Mal spielte sie.

„Oder", fuhr sie fort, „hattest du gehofft,
mich wiederzusehen?"

Sein Lächeln wurde schärfer. Ein Ausdruck,
der so gefährlich wie verlockend war.

„Ich dachte, du hättest mit dieser Welt
abgeschlossen", sagte er.

„Vielleicht habe ich das." Sie musterte
ihn, ließ den Moment wirken. „Aber diese
Welt hat nicht mit mir abgeschlossen."

Felix zog skeptisch eine Augenbraue hoch,
als wittere er eine Falle.

„Was willst du wirklich, Lena?"

Sie trat einen Schritt näher. Gerade so
viel, dass sie seine Wärme spüren konnte,

aber nicht zu nah, um greifbar zu sein. Die
Spannung zwischen ihnen knisterte.

Lena nahm einen letzten Zug von ihrer
Zigarette, dann ließ sie sie mit einer
eleganten Bewegung aus ihren Fingern
gleiten. Die Glut erlosch auf dem dunklen
Marmor.

„Lass es mich dir zeigen", hauchte sie.

Felix' Blick flackerte – ein winziges
Zögern zwischen Neugier und Vorsicht.

Genau das, was sie wollte.

Das Spiel hatte begonnen. Und dieses Mal
war sie diejenige, die die Regeln schrieb.

Kapitel 31 – Gefährliche Nähe

Felix ließ sich nicht so leicht manipulieren wie die anderen. Er war gerissen, ein Spieler, der sich in einer Welt aus Macht, Geld und Einfluss bewegte, in der Täuschung zum täglichen Geschäft gehörte. Er wusste, wann jemand eine Falle stellte. Und doch … genau das machte ihn so interessant.

Lena musste ihn nicht hetzen. Sie musste ihn nicht drängen. Sie musste ihm nur das Gefühl geben, dass er die Kontrolle hatte – während sie in Wirklichkeit längst die Fäden zog.

Sie beobachtete ihn. Die Art, wie er sich an die Brüstung der Dachterrasse lehnte, das Glas Gin locker in der Hand, als wäre er vollkommen entspannt. Doch sein Blick verriet ihn. Neugierig, abwartend – und gleichzeitig wachsam.

„Also, was willst du mir zeigen?" fragte er schließlich, seine Stimme ruhig, aber mit einem unterschwelligen Unterton von Misstrauen.

Lena trat langsam näher. Ihre Absätze klangen leise auf dem Steinboden, jeder Schritt ein wohlüberlegtes Manöver. Sie genoss den Moment. Das Knistern in der Luft, das unausgesprochene Kräftemessen.

„Ich dachte, vielleicht könnten wir an alte Zeiten anknüpfen." Ihre Stimme war weich, fast verspielt.

Felix lachte leise. „Alte Zeiten? Ich erinnere mich, dass du mir irgendwann die Tür vor der Nase zugeschlagen hast."

Lena zuckte mit den Schultern. „Manchmal braucht man Abstand, um zu erkennen, dass man gewisse Dinge vermisst."

Sie hielt seinem Blick stand, während er sie musterte. Suchte er nach einem Hinweis? Einem Zeichen, dass das hier ein Spiel war?

Nach einem Moment nahm er einen Schluck aus seinem Glas, stellte es dann mit einem leisen Klirren auf die Brüstung.

„Und was genau vermisst du?"

Lena trat noch näher. Jetzt konnte sie sein Aftershave riechen – eine dunkle Mischung

aus Holz und Gewürzen, die sich in ihre
Erinnerungen gebrannt hatte.

„Vielleicht … den Nervenkitzel", flüsterte
sie.

Felix grinste, und in seinem Blick blitzte
etwas auf – Interesse? Vorsicht?

„Das war schon immer das, was dich gereizt
hat, oder? Die Gefahr."

Lena lehnte sich an die Brüstung, ihre
Lippen nur einen Hauch von seinem Ohr
entfernt. „Vielleicht."

Felix ließ sich Zeit mit seiner Antwort. Er
wusste, dass sie mit ihm spielte. Aber das
war es, was Männer wie ihn reizte – das
Gefühl, auf der Kante zu balancieren, nie
ganz sicher, ob sie sich wirklich fallen
lassen sollten oder ob sie in eine Falle
traten.

Schließlich lehnte er sich ein wenig
zurück, seine Stimme ruhig, kontrolliert.

„Wie wäre es mit einem Drink in meiner
Suite?"

Lena lächelte. Sie hatte ihn da, wo sie ihn haben wollte. Doch es war noch nicht an der Zeit, zuzuschlagen. Noch nicht.

Sie legte eine Hand auf seine Brust, spürte das feine Material seines Hemdes unter ihren Fingern.

„Lass uns nicht hetzen, Felix. Manche Dinge sind es wert, dass man sie genießt."

Ihre Stimme war sanft, aber bestimmt. Sie wollte, dass er sich nach mehr sehnte. Dass er glaubte, er hätte die Kontrolle – während er in Wahrheit schon längst in ihrem Netz gefangen war.

Sie ließ ihre Finger einen Moment länger auf seiner Brust verweilen, spürte, wie sein Atem für einen Sekundenbruchteil stockte. Dann drehte sie sich um und ging langsam zur Treppe, ließ ihn dort stehen.

Sie wusste, dass sein Blick ihr folgte.

Das Netz zog sich enger.

Und Felix hatte keine Ahnung, dass er sich längst darin verfangen hatte.

Kapitel 32 – Die Hotelbar

Lena hatte Zeit. Sie wusste, dass Geduld der Schlüssel war. Felix war kein einfacher Gegner – gerissen, berechnend, ein Mann, der das Spiel beherrschte. Doch was er nicht wusste: Er spielte nach ihren Regeln.

Männer wie er mochten es nicht, wenn etwas außerhalb ihrer Kontrolle lag. Sie hatten sich daran gewöhnt, zu bestimmen, wann und wie Dinge passierten. Und genau das nutzte Lena aus.

Der Abend zog sich in die Länge. Sie ließ ihn warten. Nicht zu lange, gerade genug, um dieses nagende Gefühl in ihm zu wecken – das unterschwellige Bedürfnis, die Kontrolle zurückzugewinnen.

Gegen Mitternacht betrat sie die Hotelbar erneut.

Das Ambiente hatte sich verändert. Die Gespräche waren leiser geworden, gedämpft durch die sanfte Jazzmusik, die durch den Raum schwebte. Die Gäste wirkten entspannter, schwer von Alkohol und Müdigkeit.

Und dann war da Felix.

Er saß an einem abgelegenen Tisch in einer
dunkleren Ecke der Bar, ein neues Glas
Whisky in der Hand. Sein Sakko hatte er
ausgezogen, die obersten Knöpfe seines
Hemdes geöffnet. Doch sein Blick war
wachsam. Wartend.

Er hatte sie erwartet. Natürlich hatte er
das.

Lena ließ sich absichtlich Zeit, ehe sie
sich ihm näherte. Ihre Schritte waren
langsam, kontrolliert, ihre Haltung
entspannt. Sie wollte, dass er jede Sekunde
spürte. Dass er sich fragte, ob sie
wirklich zu ihm kommen würde – oder ob er
sie vielleicht doch verloren hatte.

Er hob eine Augenbraue, als sie schließlich
stehen blieb.

„Ich hatte fast schon gedacht, du kommst
nicht mehr", sagte er beiläufig. Doch sie
hörte das leise Knistern von Ungeduld in
seiner Stimme.

Lena lächelte leicht, setzte sich ohne Eile
und schob sich eine Haarsträhne hinters

Ohr. „Felix", sagte sie sanft, „du solltest wissen, dass Vorfreude manchmal die schönste Form der Lust ist."

Er lachte leise, schüttelte den Kopf. „Immer noch die gleiche Lena."

Sie neigte leicht den Kopf, ihre Fingerspitzen glitten über den Rand seines Glases. „Vielleicht", murmelte sie. „Oder vielleicht bin ich nicht mehr die, die du damals kennengelernt hast."

Felix musterte sie. Sein Blick glitt prüfend über ihr Gesicht, als suche er nach einer Lüge, nach einer Schwachstelle.

„Das kann ich mir schwer vorstellen", sagte er schließlich.

Lena beugte sich ein Stück vor, ihre Stimme ein Hauch. „Dann lass mich es dir beweisen."

Sie stand langsam auf, streckte ihm die Hand hin. Ein einfacher Moment – und doch entscheidend.

Felix zögerte. Ein Wimpernschlag lang. Ein winziger Moment des Widerstands, als sein

Verstand ihm sagte, dass etwas an dieser Situation nicht ganz richtig war.

Und genau in diesem Moment wusste sie, dass sie ihn hatte.

Er nahm ihre Hand.

Seine Finger waren warm, fest. Doch es war nicht er, der führte. Es war Lena.

Sie zog ihn mit sich, aus der Bar, in den Aufzug. Die Stille zwischen ihnen war aufgeladen, vibrierend.

Als sich die Aufzugstüren schlossen und sich das Spiegelbild von ihnen darin spiegelte, trafen sich ihre Blicke.

Der letzte Akt hatte begonnen.

Kapitel 33 – Ein letzter Schluck

Die Suite atmete puren Luxus. Dunkles
Leder, Mahagonimöbel, ein schwerer
Perserteppich, dessen Muster sich im
gedämpften Licht verlor. An der Wand hing
ein modernes Kunstwerk – abstrakte Linien
in Gold und Schwarz, teuer, aber
nichtssagend. Die bodentiefen Fenster gaben
den Blick auf die Stadt frei, funkelnde
Straßenlichter unter ihnen, als wäre
München eine Welt, die nur für sie
existierte.

Doch Lena wusste, dass hier oben, in diesen
Höhen des Wohlstands, keine echte Welt
existierte. Nur Illusionen.

Felix ließ sich auf das breite Ledersofa
sinken, mit der entspannten
Selbstverständlichkeit eines Mannes, der
gewohnt war, zu besitzen. In seiner Hand
ein Glas Whisky, das bernsteinfarben in der
Dämmerung leuchtete. Er drehte es langsam
zwischen den Fingern, ließ das Licht darin
spielen.

„Worauf trinken wir?" fragte er mit einem
schiefen Lächeln, während sein Blick über
Lena glitt.

Lena trat zur Bar, die wie ein kunstvolles Ensemble aus Kristall und Silber glänzte. Sie griff nach der schweren Karaffe mit dem Scotch, ihre Bewegungen fließend, überlegt. Der Alkohol gluckste leise, als sie nachschenkte.

„Auf das Ende von Illusionen", sagte sie schließlich und hob ihr eigenes Glas – unberührt.

Felix grinste, amüsiert über ihre kryptische Antwort. Es war ihm egal. Er war derjenige, der glaubte, das Spiel zu führen. Also lehnte er sich zurück, hob das Glas an die Lippen und nahm einen tiefen Schluck.

Das Brennen des Whiskys war vertraut, wohltuend. Er schloss für einen Moment die Augen, ließ das Aroma auf seiner Zunge zergehen. Die Welt gehörte ihm. Noch.

Lena beobachtete ihn genau.

Zehn Sekunden.

Zwanzig.

Felix runzelte die Stirn.

Sein Blick wurde glasiger. Eine unmerkliche Unruhe huschte über sein Gesicht, als er die Schultern bewegte, als würde er versuchen, die plötzliche Schwere abzuschütteln.

„Was zur Hölle …?" Seine Stimme klang rau, als hätte der Whisky seine Kehle verbrannt.

Er versuchte, sich aufzurichten, aber sein Körper reagierte nicht mehr wie gewohnt. Panik blitzte in seinen Augen auf. Sein Blick suchte Lena, wollte Antworten, Erklärungen.

„Lena… was hast du…?"

Er hustete. Erst einmal. Dann ein zweites Mal, heftig, krampfhaft. Seine Finger krallten sich an den Couchtisch, suchten nach Halt, nach Luft, nach irgendeiner Kontrolle über das, was mit ihm geschah. Doch es war zu spät.

Seine Beine versagten als Erstes, dann seine Arme. Er sackte langsam zur Seite, sein Kopf fiel schwer auf das Leder. Die Hände, die sich eben noch siegessicher um das Whiskyglas geklammert hatten, zuckten kurz – dann gar nicht mehr.

Lena wartete.

Sie wusste, dass es keine Geräusche mehr geben würde. Kein dramatisches Aufbäumen, kein lautes Röcheln. Die Substanz, die sie benutzt hatte, war präzise. Lautlos. Methodisch.

Ruhig griff sie in ihre Handtasche und zog ein Paar dünne schwarze Handschuhe heraus. Sie streifte sie über ihre Hände, ein sauberer, routinierter Handgriff.

Dann wandte sie sich dem Wandsafe zu.

Er war in die Mahagoniverkleidung eingelassen, elegant verborgen, aber nicht vor ihr. Sie hatte Felix oft genug beobachtet, hatte sich in den vergangenen Wochen an sein Leben geheftet wie ein Schatten. Sie kannte seine Gewohnheiten. Und sie kannte den Code.

Ihre Finger tippten die Zahlen ein. Ein leises Klicken. Dann glitt die Tür auf.

Bündelweise 500-Euro-Scheine lagen darin, ordentlich gestapelt.

Sie raffte die Banknoten mit ruhigen Bewegungen zusammen, ließ sie in ihre Handtasche gleiten, ohne Hast. Jeder Griff saß, jede Bewegung war berechnet.

Sie verschloss den Safe mit der ihr bekannten Zahlenkombination wieder, als wäre er nie berührt worden.

Als sie sich umdrehte, lag Felix noch immer auf dem Sofa.

Sein Körper war ruhig, als würde er schlafen. Nur die leicht geöffneten Lippen und die starren, leeren Augen verrieten, dass es kein Erwachen mehr gab.

Lena betrachtete ihn für einen Moment.

Kein Bedauern. Kein Triumph.

Ein letzter Blick – das war alles, was er noch bekam.

Kapitel 34 – Der perfekte Abgang

Lena trat aus der Suite und schloss die Tür hinter sich mit der Gelassenheit einer Frau, die nichts zu verbergen hatte. Kein Zittern in den Fingern, keine Unsicherheit in ihrem Blick. Ihr Atem war ruhig, ihr Puls gleichmäßig. Es war getan.

Der Korridor lag still und menschenleer vor ihr. Nur das leise Summen der Klimaanlage durchbrach die gedämpfte Stille, während irgendwo in einer der Suiten eine Tür ins Schloss fiel. Ein entferntes Murmeln von Stimmen, ein Lachen, das durch die Wände drang. Doch hier, in diesem Moment, war alles perfekt.

Die weichen, luxuriösen Teppiche schluckten das Geräusch ihrer Schritte, als sie mit gemessenem Tempo den Flur entlangging. Kein hastiges Umsehen, kein Innehalten. Jede Bewegung war kalkuliert. Ihre Handtasche hing locker über ihrer Schulter – nicht schwer, nicht auffällig, doch randvoll mit dem, was sie aus dieser Nacht mitnahm.

Ein kurzer Blick über die Schulter. Die Tür zu Felix' Suite war geschlossen. Kein Licht drang durch den Türspalt, kein Geräusch aus dem Inneren. Sie wusste, dass es so bleiben würde.

Der Aufzug war nur wenige Schritte entfernt. Lena hob die Hand und drückte den silbernen Knopf. Ein dezentes *Ping* hallte durch den Flur, und die Türen glitten lautlos auseinander.

Ein älterer Mann trat heraus – maßgeschneiderter Anzug, graues Haar, eine dezente, aber teure Uhr am Handgelenk. Seine Augen musterten sie kurz, dann nickte er ihr höflich zu, ohne auch nur einen Moment zu ahnen, dass er an einer Frau vorbeiging, die soeben einen Toten zurückgelassen hatte.

Lena erwiderte das Nicken mit einem kühlen Lächeln, trat in den Aufzug und drehte sich um. Ihr Finger glitt über das glatte Bedienfeld, drückte die Taste für das Erdgeschoss.

Die Türen schlossen sich.

Der Aufzug setzte sich in Bewegung, glitt sanft nach unten. Sie spürte das leichte Ziehen in der Magengrube, einen Moment der Stille, in dem es nur sie und ihr

Spiegelbild in der glänzenden Oberfläche der Kabine gab.

Sie betrachtete sich. Makellos. Nicht eine Haarsträhne war fehl am Platz, ihr Lippenstift war perfekt. Keine Spur von dem, was gerade geschehen war.

Als sich die Türen wieder öffneten, betrat sie die Lobby – eine völlig andere Welt als die diskrete Stille der oberen Stockwerke.

Hier pulsierte das Leben. Stimmen vermischten sich zu einem summenden Klangteppich, Gläser klirrten, Schritte hallten auf dem Marmorboden. Geschäftsleute in dunklen Anzügen sprachen leise in ihre Telefone, eine Gruppe Touristen studierte einen Stadtplan, während ein verliebtes Paar in einer Ecke Sektgläser aneinanderstieß.

Lena ließ ihren Blick scheinbar beiläufig durch den Raum gleiten, nahm jedes Detail auf. Der Empfangstresen, an dem ein Hotelangestellter mit einer eleganten Frau sprach. Die schweren goldverzierten Säulen, die dem Raum eine fast theatralische Eleganz verliehen. Der Kellner, der mit einem silbernen Tablett voller

Champagnerflöten durch die Menge schritt, während sich der Duft von Cognac und Zigarren mit dem dezenten Parfum der Gäste vermischte.

Sie war unsichtbar in dieser Welt. Niemand beachtete sie mehr als nötig.

Lena ging in gemächlichem Tempo durch die Halle, ihr Gang ruhig, beinahe genüsslich. Sie ließ sich Zeit, als hätte sie keine Eile, als wäre dies nur ein weiterer Abend in einem exklusiven Hotel, eine Nacht wie jede andere.

Niemand hier wusste, dass nur wenige Stockwerke über ihnen ein toter Mann lag.

Mit einem letzten Blick auf das luxuriöse Ambiente verließ sie das Hotel.

Draußen umfing sie die frische Münchner Nachtluft. Ein kühler Windhauch streifte ihre Wangen, während das entfernte Summen der Stadt sie willkommen hieß. Autos fuhren über das glatte Kopfsteinpflaster, irgendwo lachte eine Gruppe junger Leute, ein Straßenmusiker spielte eine sanfte Melodie auf seiner Gitarre.

Die Nacht war lebendig. Und Lena war wieder
ein Teil davon.

Sie atmete tief durch, ließ den Moment auf
sich wirken. Dann setzte sie sich in
Bewegung, ohne sich noch einmal umzudrehen.

Sie hatte es geschafft. Und die Nacht
gehörte ihr.

Kapitel 35 – Eine Spur aus Schatten

Die Nacht lag über München wie ein dunkler, seidenweicher Mantel. Vom Balkon ihrer Wohnung aus konnte Lena das pulsierende Leben der Stadt beobachten – die Lichter, die sich in den nassen Straßen spiegelten, das ferne Rauschen der Autos, das gelegentliche Lachen von Passanten. Es war eine dieser Nächte, in denen man glauben konnte, dass alles möglich war.

Sie saß auf ihrem Balkon, die Beine übereinandergeschlagen, entspannt. Innerlich schwebte eine kühle Wachsamkeit in ihr, ein instinktives Lauschen auf etwas, das noch nicht sichtbar war.

Felix war tot. Sein Körper lag in der luxuriösen Suite, seine Finger vermutlich noch immer um das leere Whiskyglas gekrampft. Vielleicht hatte sich sein Blick im letzten Moment zum Fenster gerichtet, hinaus auf die Stadt, die er glaubte zu beherrschen.

Er würde gefunden werden. Nicht jetzt. Nicht in dieser Stunde. Aber spätestens am Morgen, wenn das Housekeeping klopfte und keine Antwort bekam. Vielleicht würde sich eine ahnungslose Angestellte ins Zimmer wagen, erst leise, dann rufend – bis sie ihn dort liegen sah, reglos, sein Gesicht eingefroren in einem Ausdruck zwischen Überraschung und Panik.

Die Polizei würde kommen. Die Spurensicherung. Männer in dunklen Anzügen, die alles inspizierten, Fragen stellten. Die Maschine würde langsam, aber unaufhaltsam zu arbeiten beginnen.

Sie hatte an alles gedacht. Keine Fingerabdrücke. Handschuhe getragen. Den Safe wieder verschlossen. Keine Spuren hinterlassen, keine Unachtsamkeit zugelassen. Doch sie wusste auch, dass es eine unumstößliche Wahrheit gab: Es gibt immer Spuren.

Die Frage war nicht, ob sie existierten. Die Frage war, ob jemand sie finden würde.

Es war fast zu einfach gewesen. Fast zu glatt. Und das war es, was sie beunruhigte.

Dann vibrierte ihr Handy.

Ein leises Summen, unaufdringlich, doch es zerriss die Ruhe der Nacht wie ein unsichtbarer Riss in der Oberfläche eines Sees.

Lena griff nach dem Gerät, drehte es in ihrer Hand. Eine Nachricht.

Unbekannte Nummer: „Du warst im Vier Jahreszeiten. Warum?"

Ein eiskalter Strom schoss durch ihre Adern.

Für den Bruchteil einer Sekunde setzte ihr Herzschlag aus. Dann begann ihr Verstand zu arbeiten – sofort, analytisch. Ihr Blick glitt über den Bildschirm, über die wenigen Worte, die nüchtern und unscheinbar wirkten, aber eine unübersehbare Bedrohung bargen.

Jemand wusste es.

Jemand wusste, dass sie dort gewesen war.

Ihre Finger bewegten sich über das Display. Jede Antwort musste überlegt sein.

„Wer ist da?"

Drei endlose Punkte erschienen auf dem Bildschirm.

169

Sie hielt den Atem an. Wartete.

Dann kam die Antwort.

Unbekannte Nummer: „Ein Freund. Ich hoffe, du warst nicht in der falschen Suite."

Lena spürte, wie ein kaltes Kribbeln ihre Wirbelsäule hinaufkroch.

Ein Freund.

Das war eine Lüge.

Jemand beobachtete sie. Jemand wusste zu viel. Und jemand wollte, dass sie es wusste.

Langsam stand sie auf, trat an die Balkonbrüstung und ließ ihren Blick über die Straße schweifen. Menschen gingen vorbei, in Gespräche vertieft, in ihre Telefone versunken. Ein Taxi hielt an, eine Frau mit hohen Absätzen stieg aus, zog ihren Mantel enger um sich. Ein Mann mit einem Hund überquerte die Straße.

Nichts wirkte ungewöhnlich. Aber irgendjemand war da draußen.

Sie atmete tief durch. Ein Teil von ihr wollte sofort reagieren – wollte antworten, nachhaken, mehr herausfinden. Doch sie wusste es besser.

Sie löschte die Nachricht.

Das bedeutete nicht, dass sie sie vergessen würde.

Denn in ihrem Inneren wusste sie:

Das Spiel hatte gerade erst eine neue Wendung genommen.

Kapitel 36 – Die Jagd beginnt

Lena saß kerzengerade auf ihrer Couch, das Handy noch immer in der Hand. Das Display war dunkel, die Nachricht gelöscht. Doch die Worte hatten sich längst in ihre Gedanken eingebrannt, wie ein leises Echo, das nicht verklingen wollte.

„Ich hoffe, du warst nicht in der falschen Suite."

Jemand wusste es. Oder wollte, dass sie glaubte, er wüsste es.

Ihr Blick glitt durch ihr Wohnzimmer. Nichts wirkte anders, nichts war aus dem Gleichgewicht geraten – und doch fühlte sie sich zum ersten Mal seit langer Zeit beobachtet. Sie war vorsichtig gewesen, wie immer. Keine Kameras, keine unbedachten Bewegungen, keine unnötigen Spuren. Niemand hätte sie mit Felix in Verbindung bringen dürfen.

Und doch war sie aufgefallen.

Ihr erster Impuls war es, nicht zu reagieren. Keine Antwort, keine Spur. Doch das war zu passiv. Kontrolle war der

Schlüssel zu allem. Und Kontrolle
bedeutete, dass sie die Zügel in der Hand
behielt.

Langsam nahm sie ihr zweites Handy, ein
anonymes, gesichertes Gerät, das sich durch
nichts mit ihr verbinden ließ. Sie öffnete
eine verschlüsselte App und tippte eine
Nachricht ein:

„Lass uns treffen."

Sekunden vergingen. Langsam, quälend
langsam. Dann erschien die Antwort.

Unbekannte Nummer: „Ich dachte, du würdest
weglaufen."

Lena lächelte kühl. Du kennst mich nicht.

„Ich laufe nie."

Wieder eine kurze Pause, dann eine neue
Nachricht.

Eine Adresse. Ein Café in Schwabing.
Öffentlich. Neutral. Perfekt.

Eine halbe Stunde später betrat Lena das
kleine, belebte Café und ließ den Blick
unauffällig durch den Raum schweifen.

Studenten saßen über aufgeschlagenen Büchern, Geschäftsleute tippten auf ihren Laptops, ein paar Künstler diskutierten in der Ecke. Die Atmosphäre war warm, unaufdringlich – ein perfekter Ort für ein Gespräch, das nicht auffallen durfte.

Sie wählte einen Fensterplatz, bestellte einen Espresso und stellte die Tasse langsam vor sich ab. Dann wartete sie. Ihre Augen ruhten auf der Eingangstür.

Die Minuten verstrichen, eine nach der anderen.

Dann trat er ein.

Mittlere Größe, dunkle Jacke, die Kapuze tief ins Gesicht gezogen. Seine Bewegungen waren ruhig, kontrolliert – kein Zögern, kein Zuviel. Er ließ seinen Blick durch das Café gleiten, scheinbar beiläufig, doch Lena erkannte die Suche dahinter.

Dann fanden seine Augen ihre.

Einen Moment hielt er inne, dann setzte er sich in Bewegung. Direkt auf sie zu.

Ohne zu fragen, zog er den Stuhl gegenüber zurecht und ließ sich nieder. Einen Atemzug lang herrschte Stille. Dann lächelte er leicht.

„Lena."

Kein Zögern in seiner Stimme. Kein Zweifel.

„Wir kennen uns?" fragte sie kühl, auch wenn sie die Antwort bereits kannte.

Er musterte sie einen Moment, bevor er antwortete. „Nicht persönlich. Aber ich kenne Felix. Oder besser gesagt – kannte ihn."

Lena erwiderte seinen Blick, ließ sich nichts anmerken.

„Dann hast du sicher gehört, dass er sich gerne mit den falschen Leuten eingelassen hat."

Der Mann lachte leise. Ein amüsiertes, aber nicht wirklich fröhliches Lachen. „Felix hat viele falsche Entscheidungen getroffen. Aber die schlimmste war vermutlich, dir zu vertrauen."

Sie schwieg. Kein überflüssiges Wort, keine überflüssige Bewegung.

Der Mann griff in seine Jackentasche, zog sein Handy hervor, entsperrte es mit einem kurzen Wischen. Dann drehte er den Bildschirm zu ihr und schob das Gerät über den Tisch.

Lena ließ sich Zeit, bevor sie hinuntersah.

Ein Bild.

Unscharf, aus der Distanz aufgenommen – aber deutlich genug.

Sie.

Vor dem Hotel. In der Nacht von Felix' Tod.

Eine eiskalte Welle durchflutete sie für den Bruchteil einer Sekunde. Doch nach außen hin blieb sie ruhig. Kontrolliert.

Langsam hob sie den Blick wieder.

„Was willst du?" fragte sie leise.

Der Mann lehnte sich zurück, betrachtete sie mit einem Lächeln, das nicht ganz die Augen erreichte.

„Eine einfache Antwort", sagte er. „Warum?"

Lena überlegte. Sie hatte Optionen. Lügen? Drohen? Verschwinden?

Nein. Sie würde spielen.

Langsam lehnte sie sich zurück, nahm einen Schluck Espresso und sah ihm direkt in die Augen.

Dann lächelte sie.

„Lass uns über den Preis sprechen."

Das Spiel hatte sich verändert. Aber Lena spielte immer noch nach ihren Regeln.

Kapitel 37 – Ein gefährliches Angebot

Der Mann vor ihr schwieg für einen Moment. Dann zog ein amüsiertes Lächeln über seine Lippen, langsam, berechnend.

„Du bist nicht überrascht."

Lena legte den kleinen Espressolöffel beiseite, ließ ihn leise auf die Untertasse gleiten und faltete ruhig die Hände. Sie wirkte entspannt – kontrolliert –, doch hinter ihrer ruhigen Fassade analysierte sie jede seiner Bewegungen, jede Nuance in seinem Tonfall.

„Wenn jemand mich erpressen will, dann hat er entweder etwas, das ich wirklich fürchte – oder er überschätzt seinen Wert."

Der Mann lehnte sich leicht vor, stützte die Ellbogen auf den Tisch, als wollte er die Distanz zwischen ihnen verringern.

„Und? Welches trifft auf mich zu?"

Lena hielt seinem Blick stand.

Noch weiß ich es nicht, dachte sie, sagte aber stattdessen:

„Das hängt von deinem Preis ab."

Er ließ sich Zeit mit seiner Antwort. Zu lange. Es war eine Machtdemonstration, ein Versuch, die Oberhand zu gewinnen. Ein alter Trick. Doch Lena hatte zu viele dieser Spielchen durchschaut, um sich davon beeindrucken zu lassen.

Statt eine Antwort zu geben, zog er sein Handy hervor, tippte ein paar Sekunden darauf herum und schob es ihr dann wortlos über den Tisch.

Lena senkte den Blick.

Ein weiteres Bild.

Diesmal war es nicht nur eine Aufnahme von ihr vor dem Hotel. Es war eine Nahaufnahme – unscharf, ja, aber eindeutig. Sie war darauf zu erkennen, wie sie durch die Drehtür trat, der Blick zufällig in Richtung einer der Kameras gerichtet.

Ein Fehler. Ein verdammter Fehler.

Lena spürte, wie sich eine Welle aus eiskaltem Zorn und Adrenalin in ihr ausbreitete, doch sie ließ es sich nicht anmerken.

Sie hätte es wissen müssen. Luxushotels überwachten nicht nur ihre Gäste – sie speicherten auch jede Bewegung auf hochauflösenden Servern. Die Aufnahme war nicht der Beweis für ein Verbrechen. Aber sie war eine Spur. Eine, die die falschen Leute aufmerksam machen konnte.

Sie hob den Blick wieder, setzte eine betont gelangweilte Miene auf.

„Das ist alles, was du hast?"

Der Mann hob eine Augenbraue.

„Für den Anfang."

Lena schmunzelte, lehnte sich zurück, als hätte er gerade einen belanglosen Witz erzählt.

„Dann hast du gar nichts. Ein Bild von mir vor einem Hotel ist kein Beweis für einen Mord."

Der Mann lächelte. Kein freundliches Lächeln – eher das eines Spielers, der weiß, dass er noch ein paar Karten in der Hand hält.

„Vielleicht nicht."

Er beugte sich über den Tisch, seine Stimme senkte sich zu einem leisen, aber eindringlichen Tonfall.

„Aber es ist genug, um Fragen zu stellen. Genug, um die Aufmerksamkeit auf dich zu lenken. Und du willst doch keine Aufmerksamkeit, oder?"

Lena beobachtete ihn für einen Moment. Prüfend. Abwägend.

Er hatte keine Beweise. Aber er wusste genug, um gefährlich zu sein.

Langsam hob sie ihre Espressotasse, nahm einen kleinen Schluck, ließ die Stille zwischen ihnen absichtlich länger werden, bevor sie die Tasse lautlos wieder abstellte.

Dann sah sie ihn direkt an.

„Und was willst du?"

Er zögerte, lehnte sich zurück, als würde er ihre Frage genießen.

„Geld."

Lena musste sich ein Lachen verkneifen.

„Wenn du nur Geld willst, dann hast du Felix nicht besonders gut gekannt."

Er zuckte mit den Schultern, ein lässiges, fast beiläufiges Schulterzucken – gespielt.

„Das Geld ist nicht für mich."

Er hielt kurz inne, als wollte er die Wirkung seiner Worte abwarten. Dann fuhr er fort:

„Ich verkaufe Informationen an die richtigen Leute. Und dein Fall könnte für einige von ihnen sehr interessant sein."

Ein Mittelsmann.

Er war kein Profi. Kein Jäger. Kein Polizist. Er war ein Händler. Jemand, der das sah, was andere übersahen – und es zu Geld machte.

Aber er wusste nicht alles.

Sonst hätte er nicht erst verhandelt.

Sonst hätte er nicht allein hier gesessen, mit nichts weiter als ein paar Bildern.

Lena atmete ruhig durch. Sie musste ihn loswerden. Aber nicht hier. Nicht jetzt.

Sie ließ sich bewusst Zeit, um eine Entscheidung vorzutäuschen, und lehnte sich dann langsam zurück.

„Ich brauche Zeit."

Der Mann nickte, als hätte er mit genau dieser Antwort gerechnet.

„Du hast 48 Stunden."

Dann stand er auf.

Zog sich die Kapuze über den Kopf.

Und ging.

Ohne sich noch einmal umzusehen.

Lena beobachtete ihn, bis er durch die Tür verschwunden war, dann nahm sie ihr Handy, öffnete eine verschlüsselte App und schrieb eine kurze Nachricht:

„Wir haben ein Problem. Und es wird nicht mit Geld gelöst."

Sie ließ das Handy sinken, nahm den letzten Schluck ihres inzwischen kalten Espressos und stand auf.

Das Spiel hatte eine neue Dynamik bekommen.

Doch Lena würde nicht zulassen, dass irgendjemand sie in die Enge trieb.

Kapitel 38 – Jäger und Gejagte

Die kühle Nachtluft Münchens umfing Lena,
als sie aus dem Café trat. Ein sanfter
Windhauch trug den Duft von frisch
gebackenem Brot aus einer nahegelegenen
Bäckerei herüber, vermischt mit dem fernen
Geruch von Zigarettenrauch und Asphalt. Die
Stadt lebte – überall Stimmen, Schritte,
das Brummen vorbeifahrender Autos. Doch in
ihr selbst breitete sich eine beunruhigende
Stille aus.

Jemand wusste von Felix.

Jemand glaubte, er könne sie kontrollieren.

Und das war ein Fehler.

Lena ging nicht sofort nach Hause. Das wäre
dumm gewesen. Stattdessen nahm sie einen
Umweg, ließ sich treiben, als wäre sie nur
eine weitere Passantin, die ziellos durch
die Straßen zog. In Wahrheit war jeder
ihrer Schritte kalkuliert.

An einer Schaufensterscheibe blieb sie
scheinbar beiläufig stehen, betrachtete die
teuren Designertaschen in der Auslage –
doch ihr Blick lag auf der Spiegelung

hinter ihr. Menschen, Autos, ein Radfahrer, der langsam vorbeifuhr. Niemand, der auffällig wirkte.

Sie ging weiter. Drei Blocks entfernt wiederholte sie das Spiel. Diesmal blieb sie vor einem Zeitungskiosk stehen, blätterte durch die Titelseiten der Tagespresse. Ein Blick ins Glasfenster – die Straße war leer.

Niemand folgte ihr.

Doch das bedeutete nichts.

Lena zog ihr Handy aus der Jackentasche und tippte eine kurze Nachricht.

„Ich brauche Informationen. Schnell."

Es dauerte keine zwanzig Sekunden, bis die Antwort kam.

Unbekannt: „Adresse?"

Lena tippte mit dem Daumen auf das Display, hielt aber inne. War das eine Falle? Sie überlegte einen Moment, dann schrieb sie die Adresse des Cafés. Wenn jemand den Mann beobachtete, der sie gerade erpressen wollte, dann würde er Spuren hinterlassen.

Sie steckte das Handy weg und trat in eine dunkle Seitengasse.

Hier war es still. Nur das entfernte Rauschen der Stadt hallte in den Wänden wider. Ihre Stiefel klangen dumpf auf dem Kopfsteinpflaster, während sie sich an eine kalte Backsteinwand lehnte.

48 Stunden.

Das war die Frist. Aber Lena wusste, dass sie nicht so lange warten würde. Sie hatte noch nie darauf gewartet, dass jemand anders den ersten Zug machte.

Ihr Handy vibrierte in ihrer Hand.

Unbekannt: „Er ist nicht allein. Arbeitet für jemanden. Jemanden, der sich für Felix' Geschäfte interessiert.“

Lena runzelte die Stirn. Felix' Geschäfte?

Felix war kein Gangster gewesen. Er hatte Geld, ja, viele Kontakte in der Münchner Oberschicht, aber er war kein Krimineller.

Er war nur ein Mann mit zu wenig Moral und der Angewohnheit, die falschen Leute in sein Leben zu lassen. So wie sie.

Lena: „Namen?"

Eine Pause. Dann kam die Antwort:

Unbekannt: „Noch nicht. Aber ich kann ihn finden."

Lena biss sich auf die Lippe.

„Noch nicht" war keine Option. Sie brauchte einen Namen.

Lena: „Mach es schneller."

Sie steckte das Handy weg und trat wieder aus der Gasse hinaus auf die belebte Straße.

Sie wusste, dass sie handeln musste. Und zwar sofort.

Denn wenn sie eines gelernt hatte, dann dies:

Wer gejagt wird und nicht reagiert, wird irgendwann zur Beute.

Und Lena war noch nie eine Beute gewesen.

Sie atmete tief durch, schloss für einen
Moment die Augen. Als sie sie wieder
öffnete, hatte sich etwas in ihr verändert.
Die Zögerlichkeit war verschwunden. Die
Angst – unterdrückt. Es war Zeit, den Spieß
umzudrehen.

Kapitel 39 – Der Spieß dreht sich

Lena hatte nie vorgehabt, eine Gejagte zu sein. Angst war der erste Schritt in die Kontrolle – und Kontrolle war etwas, das sie niemals aus der Hand gab.

Als sie ihre Wohnung betrat, ließ sie die Tür leise ins Schloss fallen, zog langsam die Handschuhe aus, die sie vorsorglich getragen hatte, und lehnte sich einen Moment gegen die Wand. Sie atmete tief durch, schloss die Augen für einen Moment und ließ das Adrenalin sacken.

Es war Zeit zu handeln.

Sie ließ das Licht aus, nur die Straßenlaternen warfen ein diffuses Glimmen durch die Fenster. Ohne zu zögern, ging sie zu ihrem Schreibtisch, zog den Laptop zu sich heran und klappte ihn auf. Ein paar Tastenanschläge genügten, und das vertraute Sicherheitsprogramm öffnete sich – eine verschlüsselte Umgebung, die niemand zurückverfolgen konnte.

Lena tippte mit geübter Präzision.

Ziel: Herausfinden, wer ihr nachstellte.

Jeder Jäger hatte eine Spur, egal wie vorsichtig er war. Und Lena wusste, wonach sie suchen musste.

1. Die Geldströme

Sie begann mit Felix' Finanzen. Er war nie der Typ gewesen, der sich mit gewöhnlichen Geschäftsleuten abgab. Seine Investitionen waren immer ein wenig zu riskant, seine Gewinne ein wenig zu hoch – und sein Vertrauen in die falschen Menschen zu groß.

Lena durchforstete seine Bankbewegungen, checkte Transfers der letzten sechs Monate. Da waren einige auffällige Beträge: Hohe Summen, die zwischen verschiedenen Konten verschoben wurden, ohne erkennbare Gegenleistung. Geldwäsche? Bestechung? Oder etwas anderes?

2. Die Kontakte

Als Nächstes warf sie einen Blick auf Felix' letzte Anrufe und Nachrichten. Dank eines alten Zugangs, den er nie gelöscht hatte, konnte sie sich unbemerkt einloggen.

Und da war es.

Mehrmals in den letzten Wochen hatte Felix mit einer Firma namens Merten & Partner Investments kommuniziert. Eine Immobiliengesellschaft mit Sitz in München. Auf den ersten Blick harmlos. Doch die Summen, die er überwiesen hatte, waren alles andere als gewöhnlich.

Und ein Name tauchte immer wieder auf: **Adrian Voss.**

Lena lehnte sich zurück. Ein leichtes Kribbeln breitete sich in ihr aus – eine Mischung aus Anspannung und Vorfreude.

Wer war Adrian Voss?

Voss war kein Unbekannter. Sein Name kursierte in gewissen Kreisen – Kreisen, die diskret blieben, weil sie es sich leisten konnten. Er war ein Mann, der in Schatten operierte, ein Problemlöser für jene, die es sich nicht leisten konnten, Probleme zu haben.

Er machte keine halben Sachen.

Wenn Felix mit ihm Geschäfte gemacht hatte, dann war es kein Zufall, dass jetzt jemand hinter ihr her war.

Lena wusste, was das bedeutete.

Voss wollte Antworten. Und wenn sie ihm
keine gab, würde er sie sich holen.

Doch Lena war nicht Felix.

Sie ließ sich nicht in die Enge treiben.

Lena atmete tief durch, dann griff sie nach
ihrem Handy. Ihre Finger zögerten nur einen
Moment, bevor sie eine Nummer eintippte,
die sie seit Jahren nicht mehr benutzt
hatte.

Zweimal klingelte es. Dann nahm jemand ab.

Eine raue Männerstimme. „Das ist lange
her."

Lena lehnte sich gegen die Tischkante, ihr
Blick fiel auf das Bild von Adrian Voss auf
dem Bildschirm.

Sie lächelte kalt. „Ich brauche eine
Gefälligkeit."

Am anderen Ende der Leitung herrschte einen
Moment Stille. Dann: „Was hast du vor?"

Lena sah auf den Bildschirm, auf das Gesicht von Adrian Voss. „Ich werde meine Jäger jagen."

Kapitel 40 – Die Falle

Lena war nie der Typ Mensch gewesen, der abwartete. Sie hatte sich immer die Kontrolle genommen, wenn das Leben versuchte, sie ihr zu entreißen. Jetzt war keine Ausnahme.

Während die Nacht über München lag und die Lichter der Stadt in tausend Farben schimmerten, bereitete sie ihren nächsten Zug vor. Es ging nicht nur darum, sich zu schützen – es ging darum, das Blatt zu wenden. Sie war kein Opfer. Sie war die Jägerin.

Der Mann am Telefon – Erik – war jemand, auf den sie sich verlassen konnte. Früher einmal hatte er ihr aus einer misslichen Lage geholfen, und sie hatte nie vergessen, dass er jemand war, der wusste, wie man Probleme löste.

„Was genau brauchst du?" fragte er schließlich.

Lena ließ sich nicht viel Zeit mit der Antwort.

„Ich muss einen Mann verschwinden lassen.‟

Am anderen Ende der Leitung herrschte für einen Moment Stille. Dann hörte sie ein leises, raues Lachen.

„Du hast dich nicht verändert.‟

Lena schloss kurz die Augen, ein spöttisches Lächeln spielte um ihre Lippen.

„Ich habe nur dazu gelernt.‟

Sie vereinbarten ein Treffen in einer Lagerhalle außerhalb der Stadt – neutraler Boden, keine Kameras, keine neugierigen Blicke. Wenn jemand Lena in die Enge treiben wollte, musste er damit rechnen, dass sie zurückschlug.

Zwei Stunden später fuhr sie mit gedimmten Scheinwerfern auf das Gelände. Die Halle war alt, aus Backstein und mit rostigen Stahlträgern verstärkt. Eine kaputte Lampe flackerte unregelmäßig. Der Geruch von kalter, abgestandener Luft mischte sich mit dem leichten Benzinaroma der verölten Böden.

Erik stand mit verschränkten Armen an einem der großen Container, eine Zigarette zwischen den Fingern. Seine dunkle Jacke ließ ihn fast mit den Schatten verschmelzen, doch sein durchdringender Blick war unverkennbar.

„Also, wer ist es?" fragte er, während er den Rauch langsam ausstieß.

Lena zog ihr Handy hervor, entsperrte es mit einem Wisch und hielt ihm das Foto von Adrian Voss hin.

Eriks Augenbraue zuckte leicht nach oben.

„Voss? Du legst dich mit verdammt großen Fischen an, Lena."

„Er zieht im Hintergrund die Fäden", erwiderte sie ruhig. „Wenn ich ihn ausschalte, verschwinden meine Probleme."

Erik ließ ein tiefes Pfeifen hören. „Voss ist kein Amateur. Der Mann hat Leute, die ihn schützen. Und er spielt in einer Liga, in der Fehler nicht vorkommen."

Lena ließ ihr Handy sinken, ihr Blick blieb jedoch eiskalt. „Dann muss ich ihn dazu bringen, unvorsichtig zu werden."

Erik zog an seiner Zigarette, musterte sie abschätzend. „Und wie stellst du dir das vor?"

Lena trat einen Schritt näher an ihn heran, ihr Lächeln war nichts weiter als eine Andeutung von Zufriedenheit.

„Indem ich ihm ein Angebot mache, das er nicht ablehnen kann."

Am nächsten Morgen begann sie mit der Umsetzung ihres Plans. Sie nutzte einen anonymen Kontakt, um Voss eine Nachricht zu übermitteln. Jemand, der für ihn arbeitete, aber nicht wusste, wer Lena wirklich war.

„Ich weiß, was Felix dir schuldete. Lass uns reden, bevor noch mehr Probleme entstehen."

Sie wusste, dass das ihn interessieren würde. Felix hatte Schulden hinterlassen – das hatte sie herausgefunden. Und Männer wie Voss sorgten dafür, dass ihre Schulden

entweder beglichen oder ihre Schuldner
beseitigt wurden.

Es dauerte nicht lange, bis eine Antwort
auf ihrem sicheren Handy aufleuchtete.

„Hotel Königshof. 22 Uhr. Sei allein.“

Lena betrachtete die Nachricht einen
Moment, dann löschte sie sie mit einem
Wisch.

Voss glaubte, dass er die Kontrolle hatte.

Doch in Wirklichkeit trat er gerade in ihre
Falle.

Kapitel 41 – Der letzte Handel

Lena trat durch die schwere Drehtür des Hotel Königshof, ihre Haltung aufrecht, ihr Gesicht eine Maske aus Gelassenheit. Der warme Schein der Kronleuchter spiegelte sich auf dem glänzenden Marmorboden, und der leise Klang von Jazzmusik legte sich wie ein trügerischer Schleier über die Szenerie.

Ihr Herzschlag blieb ruhig. Doch jeder ihrer Schritte war berechnet.

Sie ließ ihren Blick kurz durch die Lobby gleiten, registrierte unauffällig die Positionen der Gäste und Angestellten. Zwei Männer an der Bar, Geschäftsleute oder zumindest gut getarnte Beobachter. Ein Concierge, der sie kurz ansah, dann aber weitermachte, als wäre sie nur eine weitere wohlhabende Kundin. Keine sichtbaren Wachen, kein direkter Hinterhalt.

Noch nicht.

Voss war nicht dumm – aber er war auch arrogant. Und genau das würde sein Fehler sein.

Ein Kellner, gekleidet in makelloses Schwarz-Weiß, trat an sie heran. Sein Lächeln war höflich, distanziert. „Madame, Herr Voss erwartet Sie bereits. Bitte folgen Sie mir."

Sie nickte, folgte ihm durch die edle Lounge, vorbei an dunklen Ledersesseln und kleinen, diskret beleuchteten Tischen. Schließlich erreichten sie eine abgetrennte Ecke, ein Raum mit halbhohen Trennwänden, der genug Privatsphäre bot – aber nicht genug, um Spuren zu verwischen.

Voss saß bereits dort.

Er sah genau so aus, wie sie ihn sich vorgestellt hatte – maßgeschneiderter Anzug, zurückgekämmtes Haar, ein teures Glas Cognac in der Hand. Sein Auftreten strahlte Selbstsicherheit aus, aber Lena wusste, dass Männer wie er nur so lange gelassen blieben, wie sie glaubten, alles unter Kontrolle zu haben.

Er betrachtete sie mit einem leichten Lächeln, das mehr Berechnung als Höflichkeit enthielt.

„Lena." Seine Stimme war ruhig, doch jeder
Buchstabe war sorgfältig platziert. „Ich
habe schon viel von dir gehört."

Lena ließ sich nicht aus der Ruhe bringen.
Sie setzte sich ihm gegenüber, schlug
elegant die Beine übereinander und
erwiderte seinen Blick ohne eine Spur von
Unsicherheit.

„Dann weißt du, dass ich keine Zeit
verschwende."

Voss lachte leise, schwenkte seinen Cognac
in der Hand. „Direkt zur Sache. Das gefällt
mir."

Lena legte ihre Hände locker auf den Tisch,
lehnte sich leicht nach vorne. Ihre Haltung
war entspannt – doch jeder Muskel in ihrem
Körper blieb gespannt.

„Felix war nicht vorsichtig", sagte sie
ruhig. „Das wissen wir beide. Er hat
Schulden hinterlassen – aber nicht nur bei
dir."

Voss' Gesicht zeigte keine Regung, doch
seine Augen verengten sich leicht.

„Und du glaubst, du kannst sie begleichen?" fragte er.

„Ich kann dir etwas viel Besseres bieten."

Ein Hauch von Interesse huschte über sein Gesicht. Er lehnte sich zurück, nahm einen Schluck aus seinem Glas. „Und das wäre?"

Lena ließ sich Zeit mit ihrer Antwort. Sie wollte ihn spüren lassen, dass sie die Kontrolle hatte.

„Felix hat nicht nur Geld bewegt. Er hat Informationen gesammelt. Und ich habe Zugriff auf alles, was er wusste."

Voss blieb still, sein Blick lauernd. Doch sie bemerkte das kaum merkliche Spannen seiner Kiefermuskeln.

„Du willst also handeln", sagte er schließlich.

„Ich will das Problem aus der Welt schaffen." Lena verschränkte die Arme. „Wenn du mich loswerden wolltest, hättest du mich nicht zu einem Gespräch eingeladen. Du willst etwas – und ich kann es dir geben."

Stille.

Die Sekunden dehnten sich, während sich
ihre Blicke ineinander verhakten.

Voss stellte sein Glas ab, faltete die
Hände. Sein Blick wurde schärfer. „Und wenn
ich einfach nehme, was ich will?"

Lena lachte leise, ließ den Moment einen
Herzschlag lang wirken.

Dann neigte sie den Kopf leicht zur Seite.
„Dann würdest du wissen, dass dein nächster
Zug bereits vorhersehbar war. Und das wäre
doch enttäuschend, oder?"

Ein Funkeln blitzte in seinen Augen auf.
Ein Anerkennen, ein erstes Zugeständnis.

Eine lange, angespannte Sekunde verging.
Eine Sekunde, in der sich alles entscheiden
konnte.

Dann – ein Lächeln.

„Du faszinierst mich, Lena."

Sie erwiderte das Lächeln.

Perfekt.

Jetzt hatte sie ihn genau da, wo sie ihn wollte.

Kapitel 42 – Ein tödlicher Plan

Lena wusste, dass Voss' Lächeln eine Falle war – genauso wie ihr eigenes. Er glaubte, die Kontrolle zu haben, doch er verstand nicht, dass sie das Spiel längst umgeschrieben hatte. In seinem Kopf war er der Jäger.

Er irrte sich.

„Also, Lena …" Voss nahm einen gemessenen Schluck aus seinem Cognacglas. Der warme Schein der Lounge-Beleuchtung spiegelte sich in dem goldfarbenen Alkohol, als er das Glas bedächtig drehte. „Wenn du mir wirklich Informationen liefern kannst, dann will ich einen Beweis."

Lena hob eine Augenbraue. Sie ließ sich bewusst Zeit, als würde sie über seine Worte nachdenken – obwohl ihre Antwort längst feststand. Er testete sie. Wollte sehen, ob sie einknicken würde.

Sie lehnte sich zurück, als wäre sie vollkommen entspannt. „Natürlich. Aber ein Geschäft läuft in beide Richtungen."

Voss lächelte. „Du hast Nerven."

Sein Blick ruhte auf ihr, kalt und abschätzend, als würde er versuchen, sie zu durchschauen. Aber Lena zeigte ihm nur das, was sie wollte. Jede Geste, jede Regung war kalkuliert.

Schließlich nickte er knapp.

„Ich gebe dir 24 Stunden. Zeig mir, dass du mir helfen kannst – dann reden wir über deinen Preis."

Lena erwiderte sein Lächeln. Er hatte ihr genau das gegeben, was sie brauchte.

„Perfekt."

Sie wusste, dass Voss sie beobachten lassen würde. Dass er seine Leute auf sie ansetzen würde, um sicherzugehen, dass sie wirklich Zugang zu Felix' alten Daten hatte.

Was er nicht wusste: Sie hatte längst geplant, ihn auszuschalten.

Als sie das Hotel verließ, spürte sie die Blicke. Ein Schatten auf der gegenüberliegenden Straßenseite – ein Mann, der eine Zigarette rauchte, doch sich nie zu weit von ihr entfernte. Ein dunkler

Wagen, der einen Moment zu lange an der Ampel stehen blieb. Voss' Leute waren gut. Aber sie war besser.

Zuhause angekommen, war sie ruhig. Ihr Apartment lag in völliger Stille, nur das leise Summen ihres Laptops unterbrach die Dunkelheit.

Sie setzte sich an den Tisch, zog eine kleine Festplatte aus einer Schublade und steckte sie an.

Zugriff auf Felix' Daten? Ja. Aber nicht die echten.

Lena öffnete eine Datei mit scheinbar brisanten Informationen – manipulierte Berichte, gerade glaubwürdig genug, um Voss neugierig zu machen. Kontobewegungen, falsche Namen, Verbindungen zu einflussreichen Geschäftsleuten. Alles sah echt aus, war aber gezielt konstruiert, um ihn in die Irre zu führen.

Aber es ging nicht nur um digitale Fallen.

Voss war vorsichtig, aber er hatte eine Schwäche: Er fühlte sich unantastbar.

Und genau das würde sein Untergang sein.

Lena griff nach ihrem Handy und schrieb eine Nachricht.

„Es ist soweit. Morgen Nacht."

Sekunden vergingen. Dann eine kurze, präzise Antwort.

Unbekannt: „Bestätigt."

Sie legte das Handy beiseite, lehnte sich zurück und atmete tief durch.

Morgen Nacht würde Adrian Voss tot sein.

Und sie wäre wieder einen Schritt voraus.

Kapitel 43 – Die Nacht der Entscheidung

Die Stadt summte um sie herum – Autos,
Stimmen, das unaufhörliche Flackern von
Lichtern in den Straßen Münchens. Doch für
Lena war das alles nur eine Kulisse. Heute
Nacht gab es nur eine Realität: Adrian Voss
musste sterben.

Sie saß in einem dunklen Eckcafé, die
Kapuze tief ins Gesicht gezogen, eine
dampfende Tasse Kaffee vor sich. Sie hatte
ihn nicht angerührt. Ihr Blick ruhte auf
dem Handy, das reglos auf dem Tisch lag.
Doch ihr Herzschlag war ruhig. Berechnend.

Die Zeit lief.

Voss glaubte, sie würde ihm nützliche
Informationen liefern. Sie hatte ihn
neugierig gemacht, ihn in Sicherheit
gewiegt, ihn glauben lassen, dass sie eine
Möglichkeit bot, Felix' alte Geheimnisse zu
seinem Vorteil zu nutzen.

Jetzt musste sie nur noch den letzten
Schritt tun.

Ihr Handy vibrierte. Ein kurzes Signal. Lena hob es an, entsperrte den Bildschirm und las die Nachricht.

Unbekannt: „Er ist in seinem Penthouse. Sicherheitsstufe normal. Nur ein Mann an der Tür."

Perfekt.

Lena steckte das Handy zurück in die Manteltasche. Ihr Plan war präzise, ihre Bewegungen eingeübt. Keine Spuren. Keine Fehler. Kein Zurück.

Sie legte ein paar Münzen auf den Tisch, stand auf und trat in die kalte Nacht hinaus.

Eine Stunde später stand sie vor dem Hochhaus, in dem Voss residierte. Die Fassade aus Glas und Beton ragte hoch in den Nachthimmel, die oberen Etagen in Dunkelheit gehüllt.

Sie hatte sich vorbereitet. Langer Mantel. Schwarze Handschuhe. Eine Haltung, die Entschlossenheit ausstrahlte, aber keine Aggression.

Der Wachmann an der Tür war jung, aufmerksam, aber nicht alarmiert. Wahrscheinlich glaubte er, Voss sei unantastbar. Ein Fehler.

Lena trat näher. Ihre Stimme war ruhig, fast beiläufig.

„Ich habe eine Nachricht für Voss."

Der Mann musterte sie, sein Blick suchte nach Anzeichen von Gefahr.

„Von wem?"

Lena zögerte keine Sekunde. „Von Felix."

Es war das perfekte Schlüsselwort. Felix war tot – und doch lebendig genug, um Fragen aufzuwerfen. Der Wachmann runzelte die Stirn, zog sein Handy heraus, vermutlich um eine Bestätigung einzuholen.

Genau in diesem Moment bewegte sie sich.

Ein schneller Tritt gegen sein Knie – der Knorpel knackte, sein Bein knickte weg. Er keuchte auf, doch bevor er einen Laut von sich geben konnte, traf ihr präziser Schlag

seine Kehle. Nicht tödlich, aber betäubend.
Er sackte lautlos zusammen.

Lena fing ihn auf, zog ihn mit einer
einzigen, geübten Bewegung in eine dunkle
Ecke des Eingangsbereichs. Niemand würde
ihn bemerken – zumindest nicht in den
nächsten zehn Minuten. Und mehr würde sie
nicht brauchen.

Mit einem letzten Blick nach draußen betrat
sie das Gebäude.

Der Flur war luxuriös, der Teppich dämpfte
ihre Schritte. Sie kannte den Grundriss,
wusste, wo die Kameras waren. Vor Voss'
Penthouse hielt sie kurz inne, sammelte
sich. Dann öffnete sie die Tür.

Er erwartete sie nicht.

Voss stand mit dem Rücken zu ihr, am
Fenster seiner Suite, die Skyline von
München vor sich. In der Hand hielt er ein
Glas, das Licht der Stadt spiegelte sich in
der dunklen Flüssigkeit.

„Du bist schnell."

Seine Stimme klang belustigt, nicht
überrascht.

Lena trat näher, zog einen USB-Stick aus
der Tasche und legte ihn auf den Tisch.
„Alle Daten, die du brauchst.“

Langsam drehte sich Voss um. Seine blauen
Augen musterten sie, ein leichtes Lächeln
umspielte seine Lippen.

„Du überraschst mich immer wieder.“

Er nahm den Stick, steckte ihn in seinen
Laptop. Der Bildschirm leuchtete auf. Jetzt
oder nie.

Lena trat unauffällig näher. Ihre rechte
Hand glitt in die Manteltasche. Die kleine
Spritze lag dort, kalt und vertraut. Ein
Gift, das keine Spuren hinterließ. Ein
einziger Stich – und alles wäre vorbei.

Sie sah, wie Voss sich auf den Bildschirm
konzentrierte. Drei Schritte entfernt.
Zwei. Ein letzter Schritt.

Dann hob er den Blick.

Und lächelte.

„Lena." Seine Stimme war ruhig.

Ihre Finger umklammerten die Spritze fester. „Was meinst du?"

Voss nahm einen langsamen Schluck aus seinem Glas, lehnte sich entspannt zurück.

„Glaubst du wirklich, ich hätte dich nicht durchschaut?"

Lena blieb stehen. Keine Regung in ihrem Gesicht. Doch in ihrem Kopf raste es.

Er wusste es. Er hatte die Falle erkannt.

Aber das bedeutete nicht, dass er ihr entkommen würde.

Die Frage war nur: Wer würde den letzten Zug machen?

Kapitel 44 — Der letzte Zug

Lena hielt Voss' Blick gefangen, jede Faser ihres Körpers angespannt, auch wenn sie äußerlich Ruhe ausstrahlte. Die Spritze in ihrer Manteltasche war ihr Ass – aber nur, wenn sie den richtigen Moment abwartete. Eine falsche Bewegung, ein Moment der Hast, und alles könnte gegen sie kippen.

Voss lehnte sich entspannt in seinem Ledersessel zurück, doch seine Augen verrieten, dass er auf der Hut war. Er wusste es. Nicht alles, aber genug, um zu ahnen, dass sie nicht nur zum Verhandeln gekommen war.

„Setz dich", sagte er schließlich, mit einer beiläufigen Geste auf den Stuhl gegenüber deutend.

Lena zögerte für den Bruchteil einer Sekunde. Eine direkte Konfrontation war riskant. Er würde auf jede Unruhe in ihrer Haltung achten, auf jede Nuance in ihrer Stimme. Also entschied sie sich für den eleganteren Weg.

Langsam ließ sie sich nieder, schlug die Beine übereinander, als wäre das hier ein gewöhnliches Geschäftstreffen. Als wäre sie nicht gekommen, um ihn zu töten.

„Also gut", sagte sie ruhig. „Dann sag mir, was du wirklich willst."

Voss drehte das Glas in seiner Hand, ließ das Eis darin leise klirren. Jeder seiner Züge war kontrolliert, überlegt.

„Du bist clever, Lena", begann er. „Ich hätte dich fast unterschätzt. Aber jetzt frage ich mich … warum all das? Warum Felix rächen? Oder steckt mehr dahinter?"

Lena erwiderte sein Lächeln, doch in ihrem Kopf ratterte es. Er testete sie. Wollte sie aus der Reserve locken, sehen, wie weit sie gehen würde.

Sie neigte leicht den Kopf. „Sagen wir, ich mag es nicht, wenn man mich unterschätzt."

Voss beobachtete sie, ließ sich ihre Worte auf der Zunge zergehen. Dann nickte er langsam.

„Trink mit mir", sagte er plötzlich und stellte ein zweites Glas mit brauner Flüssigkeit vor sie auf den Tisch.

Ein Test.

Lena wusste sofort, was das bedeutete. Wenn sie ablehnte, würde er ihr misstrauen. Wenn sie trank, setzte sie sich einem Risiko aus.

Langsam griff sie nach dem Glas, drehte es in ihrer Hand, als würde sie nachdenken. Sie spürte Voss' Blick auf sich. Er wartete. Er wollte sehen, ob sie zögerte.

Dann hob sie das Glas leicht an die Lippen – und stoppte.

Ihre Augen trafen seine. Ein stummer Machtkampf.

„Du zuerst."

Ein kurzes Zucken um seinen Mundwinkel, fast unmerklich. Dann lächelte Voss. Ein gefährliches, anerkennendes Lächeln.

„Du bist wirklich vorsichtig", murmelte er.

Ohne ein weiteres Wort nahm er einen Schluck. Er hatte sich selbst in die Ecke gespielt.

Lena beobachtete, wie er das Glas absetzte, auf jedes Detail in seiner Körpersprache achtend. Nichts Verdächtiges. Kein Anzeichen von Gift.

Er wollte sie prüfen – aber stattdessen hatte sie ihn getestet.

Jetzt war er an ihrer Leine.

Lena folgte seinem Beispiel, ließ den Whiskey auf ihrer Zunge brennen, stellte das Glas mit einer fließenden Bewegung ab. Voss wusste jetzt, dass sie nicht leichtgläubig war. Dass sie an alles dachte.

Und genau das würde ihn nachlässig machen.

Lena lehnte sich zurück, ihr Blick kühl und berechnend.

„Dann lass uns reden."

Sie hatte nicht mehr viel Zeit. Doch Voss glaubte, er hätte das Blatt gewendet. Und genau das war sein größter Fehler.

Denn er würde heute Nacht nicht überleben.

Kapitel 45 – Die Zukunft

Lena wusste, dass sie jetzt handeln musste. Voss hatte Verdacht geschöpft, aber noch nicht genug, um sie direkt zu eliminieren. Das bedeutete, dass sie eine letzte Gelegenheit hatte – eine, die sie nicht ungenutzt lassen durfte.

Sie atmete unauffällig ein, sammelte sich, dann griff sie mit ruhiger Hand nach der Flasche Whiskey auf dem Tisch. Jede ihrer Bewegungen war bewusst gewählt – elegant, mühelos. Sie musste die Illusion aufrechterhalten.

„Also gut", sagte sie mit einem charmanten, aber kühlen Lächeln, während sie ihm nachschenkte. „Lass uns anstoßen. Auf unser neues Geschäft."

Voss betrachtete sie für einen Moment, als würde er jede ihrer Regungen studieren. Dann hob er das Glas, ein amüsiertes Funkeln in den Augen.

„Auf die Zukunft."

Leise klirrten ihre Gläser aneinander.

Lena führte das Glas an ihre Lippen, ließ die Flüssigkeit daran vorbeistreichen, ohne einen Tropfen zu trinken. Eine kleine Täuschung, eine Notwendigkeit.

Voss hingegen nahm einen tiefen Schluck.

Perfekt.

Er wusste es nicht – konnte es nicht wissen. Doch in diesem Moment war sein Schicksal bereits besiegelt.

Lena hatte sich vor ihrem Treffen akribisch vorbereitet. Sie wusste, dass sie nur eine einzige Chance haben würde – eine, die schnell, sauber und spurlos sein musste. Gewalt hinterließ Spuren. Messer und Kugeln riefen Fragen hervor. Aber ein unauffälliger, raffinierter Mord?

Niemand würde ihn hinterfragen.

Deshalb hatte sie sich für Gift entschieden. Ein unsichtbarer Killer, der sich perfekt in Alkohol auflöste. Geschmacksneutral. Unaufspürbar. Mit einer Verzögerung von wenigen Minuten. Gerade lange genug, damit sie ihren Abschied elegant gestalten konnte.

Voss lehnte sich zufrieden zurück, sein Blick ruhte auf ihr, als hätte er einen neuen Respekt für sie gewonnen.

„Weißt du, Lena …" begann er mit einem Lächeln. „Du erinnerst mich an mich selbst."

Lena zog leicht die Augenbrauen hoch.

„Das ist kein Kompliment."

Ihr Lächeln blieb, doch ihre Augen waren eiskalt.

Voss wollte gerade etwas erwidern – doch dann spürte er es.

Seine Stirn zog sich leicht zusammen, eine unmerkliche Irritation. Seine Hand, noch immer um das Whiskeyglas gelegt, begann leicht zu zittern.

Er versuchte, es zu ignorieren. Doch dann kam der nächste Schlag – eine plötzliche, unerwartete Schwere in seinen Gliedern.

„Was …?"

Er setzte das Glas ab, seine Atmung wurde schwerer.

Lena beugte sich vor, legte die Hände ineinander und betrachtete ihn mit einer Mischung aus Gelassenheit und Kalkül.

„Du hast mir keine andere Wahl gelassen.‟

Ihre Stimme war leise – fast sanft.

Voss' Augen weiteten sich, als er die Wahrheit erkannte. Er versuchte aufzustehen – doch seine Beine gehorchten ihm nicht mehr.

Sein ganzer Körper begann zu krampfen, das Gift breitete sich schnell aus. Lena sah, wie die Farbe aus seinem Gesicht wich, seine Haut blasser wurde.

„D-Du …‟

Seine Stimme war nur noch ein heiseres Krächzen.

Er versuchte nach seinem Handy zu greifen, doch seine Finger waren kraftlos. Ein nutzloser, verzweifelter Reflex. Sein Körper gehorchte ihm nicht mehr.

Lena beobachtete ihn regungslos. Sie hätte es schneller machen können, hätte ihn sofort sterben lassen.

Aber das wäre zu gnädig gewesen.

Er sollte es fühlen. Sollte wissen, dass sie ihn besiegt hatte.

Voss' Kopf sank zur Seite, sein Atem wurde flacher, bis er schließlich ganz verstummte.

Adrian Voss war tot.

Ein Moment der Stille.

Lena stand langsam auf, zog ihre Handschuhe an. Ihre Bewegungen waren methodisch, präzise. Kein Zittern. Keine Unsicherheit.

Sorgfältig wischte sie das Glas ab, hinterließ keine Fingerabdrücke. Dann nahm sie die Whiskeyflasche und goss etwas auf den Teppich. Es musste wie ein Unfall aussehen – eine Verkettung unglücklicher Umstände.

Zum Schluss steckte sie den USB-Stick ein, den sie ihm gegeben hatte. Es gab darauf keine echten Daten – nur leere Versprechen.

Sie warf einen letzten Blick auf Voss' leblose Gestalt.

Dann drehte sie sich um und verließ die Suite. Nicht einmal ein Zögern. Kein Blick zurück.

Der Plan war perfekt. Und jetzt war sie bereit für ihren nächsten Zug.

Kapitel 46 — Marie Lehmann

Lena trat aus dem Aufzug in die Lobby des luxuriösen Hochhauses, als wäre nichts geschehen. Ihr Gang war ruhig, ihre Haltung aufrecht. Kein Zittern, kein Blick zurück.

Die Marmorfliesen glänzten unter dem warmen Licht der Kronleuchter. Die Rezeption war noch immer besetzt, ein Portier begrüßte höflich einen älteren Geschäftsmann, während eine junge Frau in einem roten Kleid an der Bar wartete. Ein ganz normaler Abend in der Welt der Reichen und Mächtigen.

Lena wusste, dass die Kameras sie aufzeichneten – aber sie hatte vorgesorgt.

Ein schlichtes schwarzes Kleid, dezente Pumps, das Haar elegant zurückgebunden. Keine auffälligen Accessoires, nichts, das im Gedächtnis bleiben würde.

Sie war nur eine weitere Frau, die einen erfolgreichen Geschäftsmann besucht hatte.

Ein kurzer Blick zur Rezeption – keiner beachtete sie. Perfekt.

Mit natürlicher Selbstverständlichkeit ging sie durch die Lobby, steuerte direkt auf die Drehtür zu und verließ das Gebäude. Die Nachtluft war kühl, erfrischend. Doch in ihrem Inneren brannte noch immer das Adrenalin.

Ohne zu zögern, mischte sie sich in den Strom der Menschen, die die Maximilianstraße entlangflanierten. Luxusläden, teure Restaurants, ein endloser Strom von Menschen, die keine Fragen stellten.

Nur ein paar Straßen entfernt tobte das Münchner Nachtleben. Das Dröhnen der Musik aus den Clubs, das Klirren von Gläsern in den Bars.

Niemand beachtete sie.

Voss war tot.

Und nun musste sie verschwinden.

Lena bog in eine Seitengasse ab. Hier, abseits der glitzernden Fassade der Stadt, war es dunkler, ruhiger. Die Geräusche der Hauptstraße klangen gedämpft, nur ein streunender Kater huschte zwischen den Müllcontainern hindurch.

Sie zog ihr Handy heraus, wählte eine gespeicherte Nummer.

Es klingelte nur einmal.

„Erledigt?"

Die Stimme am anderen Ende war ruhig, sachlich. Keine Begrüßung, keine Emotion.

„Ja."

Eine Sekunde Stille. Dann:

„Gut. Dann mach's wie besprochen."

Das Gespräch endete. Keine Namen, keine Details. Nur Effizienz.

Lena steckte das Handy weg, schloss für einen Moment die Augen und atmete tief durch.

Nicht nachdenken. Keine Fehler machen. Nur weitermachen.

Sie betrat ein kleines Hotel, unauffällig, diskret. Der perfekte Ort für

Geschäftsreisende, die nur eine Nacht
bleiben wollten und keine Fragen stellten.

Die Lobby war spärlich beleuchtet, der
Rezeptionist wirkte gelangweilt, als sie
auf ihn zutrat.

„Guten Abend. Ich habe ein Zimmer
reserviert. Auf den Namen Marie Lehmann.‟

Der Mann nickte, tippte etwas in seinen
Computer, schob ihr dann den Schlüssel zu.

„Zimmer 214. Frühstück gibt's ab sieben.‟

Sie nahm den Schlüssel, erwiderte sein
knappes Lächeln und ging ohne weiteres
Gespräch in den zweiten Stock.

Sobald sie die Tür hinter sich schloss,
ließ sie den Schlüssel auf die Kommode
fallen und lehnte sich gegen die Wand.

Ein tiefer Atemzug.

Sie war sicher.

Für den Moment.

Doch sie wusste, dass sie nicht lange
bleiben konnte.

Der nächste Morgen brachte die Bestätigung ihrer Arbeit.

Lena saß in einem kleinen Café, die Zeitung aufgeschlagen vor sich, die Kaffeetasse in der Hand.

„Münchner Unternehmer tot in seiner Suite aufgefunden – Herzversagen vermutet."

Ein kleines Foto von Voss, darunter einige Zeilen über sein erfolgreiches Imperium, seine Geschäftspartner, seinen angeblich unauffälligen Lebensstil.

Die Behörden würden nichts Verdächtiges finden.

Keine sichtbaren Spuren.
Keine Kampfspuren.
Keine Einbruchsspuren.

Lena faltete die Zeitung sorgfältig zusammen und nahm einen Schluck Kaffee.

Doch sie durfte sich nicht täuschen.

Sie war bereits ins Visier geraten.

Und wenn sie weitermachte, würde es noch gefährlicher werden.

Doch sie hatte keine Wahl.

Sie war noch nicht fertig.

Kapitel 47 – Der Letzte auf der Liste

Lena saß auf ihrem Balkon, die warme
Münchner Nacht legte sich wie eine Decke
über die Stadt. Unten leuchteten
Straßenlaternen, das Geräusch von fernen
Autos und vereinzelten Stimmen drang zu ihr
herauf. Das sanfte Klirren von Eiswürfeln
in ihrem Glas war das einzige Geräusch, das
sie in diesem Moment interessierte.

Sie war fast am Ende angekommen. Fast.

Nur noch ein Name auf der Liste.

Stefan Hofmann.

Der Einzige, den sie nicht nur hasste –
sondern fürchtete.

Lena presste die Lippen aufeinander. All
die anderen hatten sie betrogen, benutzt,
belogen.

Doch Stefan war anders gewesen. Er hatte
sie gebrochen.

Er hatte sie nicht nur belogen – er hatte
sie körperlich verletzt. Immer und immer
wieder.

Er hatte ihr gezeigt, wie es sich anfühlte, hilflos zu sein. Ein Gefühl, das sich in ihre Knochen eingebrannt hatte.

Die Erinnerungen kamen zurück, ungewollt, aber unausweichlich.

Seine Stimme, sanft, bevor sie kalt wurde. Seine Hände, bevor sie zur Faust wurden.

Die Art, wie er sie angeschaut hatte – als wäre sie nichts.

Er hatte sie klein gemacht. Sie gedemütigt.

Sie gezwungen, sich selbst zu verlieren.

Lena schloss die Augen für einen Moment. Das war lange her. Aber der Schmerz war nicht verschwunden – er hatte sich nur in etwas anderes verwandelt.

Wut.

Diesmal würde sie nicht nur zuschlagen.

Diesmal würde sie ihn zerstören, ihn körperlich leiden lassen.

Jahrelang hatte sie ihn ignoriert. Seine Nummer blockiert. Jeden Kontakt vermieden.

Aber Stefan war nie wirklich weg gewesen.

Männer wie er verschwanden nicht einfach.
Sie fanden neue Opfer.

Und genau das hatte sie herausgefunden.

Seine neue Freundin.

Ein unsicheres Mädchen, Anfang zwanzig, mit
großen, ängstlichen Augen.

Lena hatte sie nur kurz gesehen, als sie
ihr zufällig auf der Straße begegnet war –
an Stefans Seite.

Ein zartes, zerbrechliches Ding, das sich
klein machte, wenn er sprach.

So, wie Lena es früher getan hatte.

Und genau da hatte sie gewusst:

Diesmal nicht.

Stefan würde nicht einfach weitermachen.
Nicht dieses Mal.

Lena stellte ihr Glas ab. Ihre Finger lagen
still auf dem Glasrand, doch in ihrem Kopf
lief bereits der Plan.

Es gab nur einen Weg.

Stefan musste glauben, dass er gewann.

Nur dann würde er verwundbar sein.

Sie griff nach ihrem Handy, öffnete eine neue Nummer – eine, die sie sich extra für diesen Moment besorgt hatte.

Ein tiefer Atemzug. Dann drückte sie auf „Wählen".

Es dauerte nicht lange.

Er nahm ab.

„Hallo?"

Seine Stimme. Dieselbe Stimme, die ihr Albträume bereitet hatte.

Lena spürte, wie ihr Magen sich zusammenzog. Aber sie ließ es sich nicht anmerken.

Sie setzte ein Lächeln auf, lehnte sich zurück und sprach in einem Ton, den sie sich über Jahre antrainiert hatte.

Sanft. Süßlich.

„Hey, Stefan. Ich habe an dich gedacht."

Eine Pause.

Dann lachte er leise. „Lena. Das ist eine Überraschung."

Ja, dachte sie. Das wird es sein.

Und er würde nicht kommen, weil sie ihn brauchte. Sondern, weil er dachte, sie wäre immer noch dieselbe.

Er irrte sich.

Diesmal war sie die Jägerin.

Kapitel 48 – Die Lagerhalle

Lena wusste, dass Stefan auf Machtspielchen stand. Wenn sie ihn zu sich lockte, musste es auf eine Weise geschehen, die sein Ego kitzelte – etwas, das ihn glauben ließ, er hätte die Kontrolle.

Die Wahrheit war jedoch eine andere.

Sie setzte sich an ihren Schreibtisch, das Licht ihres Handys spiegelte sich in ihren Augen. Ihre Finger schwebten über der Tastatur.

Dann schrieb sie ihm.

„Ich habe an dich gedacht. Vielleicht sollten wir uns sehen. Ein letztes Mal."

Es dauerte keine fünf Minuten, bis seine Antwort kam.

„Jetzt interessiert es dich wieder? Wo bist du?"

Lena spürte die Kälte in seinen Worten. Er hatte sich nicht verändert. Kein Zögern, kein Nachdenken – nur sein übliches Besitzdenken.

Sie ließ sich Zeit, bevor sie weiterschrieb. Sie wusste, dass jede Sekunde des Wartens ihn nur ungeduldiger machte.

„Morgen Abend. 23 Uhr. In der alten Lagerhalle hinter dem Ostbahnhof."

„Warum dort?"

Lena lächelte.

„Weil du genau weißt, warum."

Sie ließ die Nachricht stehen, ohne weitere Erklärungen.

Sie wusste, dass das seine Neugier wecken würde.

Männer wie Stefan glaubten immer, sie hätten die Kontrolle. Er würde kommen, überzeugt davon, dass sie schwach war. Dass sie immer noch die Lena von damals war.

Er hatte keine Ahnung, dass dieses Treffen sein letztes sein würde.

Den ganzen nächsten Tag über bereitete sie sich vor.

Die alte Lagerhalle war seit Jahren verlassen – ein idealer Ort. Keine Kameras. Keine Zeugen. Niemand, der in der Nacht zufällig vorbeikam.

Lena fuhr am Nachmittag hin, um sich ein Bild von der Umgebung zu machen. Die Halle lag in einem vergessenen Teil der Stadt, umgeben von leeren Bahngleisen und zerfallenen Gebäuden. Drinnen roch es nach Staub und altem Metall, vereinzelt knackte morsches Holz unter ihren Schritten.

Es war perfekt.

Sie überprüfte alle möglichen Fluchtwege. Falls etwas schiefging, musste sie eine Alternative haben. Sie platzierte eine kleine Taschenlampe hinter einer alten Kiste – eine Notlösung für den Fall, dass sie plötzlich im Dunkeln stand.

Dann ging sie nach Hause und wartete.

22:30 Uhr.

Lena parkte ihren Wagen einige Straßen weiter, außerhalb des Sichtfeldes. Sie stieg aus, zog den dunklen Mantel enger um

sich. Schwarze Kleidung, Handschuhe, die
Haare unter einer Mütze verborgen.

Sie ging den Rest des Weges zu Fuß. Ihre
Stiefel hinterließen kaum Geräusche auf dem
kalten Asphalt.

In ihrer Tasche trug sie alles, was sie
brauchte.

Ein Seil.
Ein kleines Fläschchen Chloroform.
Einen Plan, der bis ins letzte Detail
durchdacht war.

Die Luft war kalt, ihre Finger zitterten
leicht – aber nicht aus Angst.

Aus Vorfreude.

Stefan würde kommen, überzeugt davon, dass
er die Kontrolle hatte.

Doch diesmal war sie die Jägerin.

Und er die Beute.

Kapitel 49 – In der Dunkelheit

Die Lagerhalle lag verlassen, eingetaucht in das schwache Licht der Straßenlaternen. Der kalte Wind wehte durch die zerbrochenen Fenster, trug den Geruch von rostigem Metall und Staub mit sich. In der Ferne knackte Holz, vielleicht ein streunender Hund oder eine Ratte, die sich durch die Dunkelheit bewegte.

Lena stand reglos in den Schatten, die Kapuze tief ins Gesicht gezogen, ihre Hände in den Manteltaschen vergraben. Ihr Herz schlug ruhig, gleichmäßig – nicht aus Angst, sondern aus Konzentration.

Gleich war es soweit.

Dann hörte sie es.

Ein Motor brummte in der Ferne, tief und gleichmäßig. Scheinwerfer brachen durch die Dunkelheit, warfen lange Schatten an die bröckelnden Wände der Lagerhalle. Ein schwarzer BMW bog langsam um die Ecke, rollte in die Einfahrt und kam vor dem Gebäude zum Stehen.

Lena kannte dieses Auto.

Früher hatte es oft vor ihrer Wohnung gestanden. Immer dann, wenn Stefan sie kontrollieren wollte. Immer dann, wenn er sich vergewissern musste, dass sie noch dort war, wo er sie haben wollte.

Der Motor verstummte. Eine Tür öffnete sich.

Und dann war er da.

Stefan Hofmann.

Er stieg aus, groß, breit gebaut, mit der selbstgefälligen Haltung eines Mannes, der glaubte, über allem zu stehen. Sein Kiefer war angespannt, sein Blick suchte die Umgebung ab – doch er wirkte nicht nervös. Er fühlte sich sicher.

Ein Raubtier, das glaubte, sein Territorium zu betreten.

„Lena?"

Seine Stimme hallte durch die Stille, getragen von dieser Mischung aus Neugier und Arroganz.

Lena trat langsam aus dem Schatten, ihr
Gang ruhig, kontrolliert.

„Du bist pünktlich", sagte sie leise.

Stefan grinste schief.

„Natürlich. Wenn du mich schon so
geheimnisvoll herbestellst … Ich wusste
doch, dass du mich nicht vergessen hast."

Sie lächelte. Kühl. Berechnend.

Er hatte keine Ahnung.

Stefan trat näher, sein Blick glitt über
sie – dieser Blick, der sie früher immer
hatte schrumpfen lassen, der sie kleiner
machte, als sie war. Doch diesmal hielt sie
stand.

Sie hatte keine Angst mehr.

„Also, was soll das hier?"

Seine Stimme war locker, doch in seinem
Blick flackerte ein Funken Misstrauen.

„Warum dieser Ort?"

Lena ließ eine kleine Pause entstehen. Sie wollte, dass er es fühlte – dieses winzige Unbehagen, das sich in ihm regte, auch wenn er es noch nicht verstand.

Dann sagte sie ruhig: „Weil es hier keine Zeugen gibt."

Stefan lachte kurz auf.

„Oh, ich mag es, wenn du so tust, als wärst du gefährlich."

Er machte einen Schritt näher, überragte sie. Früher hätte sie in diesem Moment den Blick gesenkt, sich klein gemacht. Doch diesmal blieb sie stehen, unbewegt, unbeirrbar.

Lass ihn denken, dass er gewinnt.

Lena trat einen Schritt auf ihn zu, neigte leicht den Kopf, senkte ihre Stimme. „Vielleicht habe ich das vermisst", flüsterte sie.

Sein Grinsen wurde breiter.

„Dann zeig mir doch, wie sehr."

Das war der Moment.

Mit einer fließenden Bewegung zog sie das kleine Fläschchen aus ihrer Jackentasche, öffnete den Deckel mit dem Daumen und presste es gegen sein Gesicht.

Stefan stolperte zurück, riss die Hände hoch, doch sie war schneller. Der intensive Geruch des Chloroforms drang in seine Nase, seine Lunge. Er keuchte, versuchte, nach ihr zu greifen – doch Lena wich geschickt aus.

„Was … zur … Hölle …?"

Seine Stimme war erstickt, sein Körper begann zu schwanken.

Seine Augen weiteten sich in blankem Unglauben, als seine Beine unter ihm nachgaben.

Er hatte es nie für möglich gehalten. Er hatte nie geglaubt, dass sie in der Lage sein könnte, ihm etwas anzutun.

Und jetzt lag er da. Wehrlos. Er atmete noch. Das war gut.

Sie hatte einen anderen Plan für ihn.
Einen, bei dem er endlich spüren würde, wie
es war, wehrlos zu sein.

Kapitel 50 – Das Seil

Lena stand über ihm, ihr Blick auf den bewusstlosen Körper vor ihr gerichtet. Sein schwerer Atem ging langsam, regelmäßig, ein dumpfes Echo in der stillen Lagerhalle. Das fahle Licht der Straßenlaternen warf lange Schatten an die rostigen Wände, während eine kühle Brise durch die zerbrochenen Fenster zog. Staub wirbelte in der Luft, der scharfe Geruch von altem Metall und Öl lag schwer in ihrer Nase.

Jetzt beginnt es.

Ihr Herz schlug ruhig. Kein Zittern in den Händen. Keine Zweifel. Nur kalte Entschlossenheit.

Lena griff in ihre Jackentasche und zog das Seil heraus. Sie hatte es sich genau überlegt, jeden Knoten, jede Bewegung, jede Möglichkeit, die er haben könnte, um sich zu wehren. Aber diesmal gab es für ihn kein Entkommen.

Mit schnellen, präzisen Bewegungen drehte sie ihn auf den Bauch. Seine Arme hingen leblos neben ihm, doch Lena wusste, dass er bald aufwachen würde. Sie legte seine

Handgelenke zusammen und schlang das Seil
darum, zog es fest, aber nicht zu
schmerzhaft – noch nicht.

Dann seine Beine.

Sie zog das Seil um seine Knöchel, sicherte
jeden Knoten mit geübten Bewegungen. Als
sie fertig war, richtete sie sich auf und
atmete tief durch. Jetzt kam der wichtigste
Teil.

Ein alter Kranmechanismus ragte von der
Decke herab, seine Metallstreben rostig und
vom Zahn der Zeit gezeichnet. Aber er hielt
noch. Lena nahm das lose Ende des Seils und
führte es durch eine der Streben, bevor sie
daran zog. Langsam hob sich Stefans
Oberkörper vom Boden.

Sein Kopf fiel nach vorne, sein Atem wurde
schwerer. Die Spannung des Seils zog an
seinen Armen, zwang ihn in eine gekrümmte
Position.

Zeit, ihn aufzuwecken.

Lena zog eine Wasserflasche aus ihrer
Jacke, schraubte den Deckel auf und goss
das kalte Wasser direkt über sein Gesicht.

Er zuckte. Hustete. Keuchte.

Dann öffneten sich seine Augen.

Zuerst war da Verwirrung.

Dann Ärger.

Und schließlich … Angst.

„Was zum Teufel …?" Seine Stimme war rau,
noch benebelt vom Chloroform. Er versuchte,
sich zu bewegen, doch die Fesseln hielten
ihn fest. Sein Blick wanderte hektisch
durch den Raum, dann auf Lena.

„Lena? Was soll das? Mach mich los!"

Sie trat langsam näher, ließ sich Zeit,
während sie ihn mit eiskalten Augen ansah.
Keine Wut. Kein Zögern. Nur absolute
Kontrolle.

„Erinnerst du dich an die Nächte, in denen
du mich so ans Bett gefesselt hast?" Ihre
Stimme war ruhig, beinahe sanft. „Die
Nächte, in denen du mir Angst gemacht hast?
In denen ich dich angefleht habe,
aufzuhören?"

Seine Miene versteinerte. Sein Adamapfel zuckte.

„Das ist doch Vergangenheit", murmelte er. „Wir waren jung. Komm schon, Lena, sei nicht lächerlich!"

Lächerlich.

Sie lachte leise. Ein kurzes, bitteres Geräusch.

„Du hast mich gebrochen, Stefan." Sie machte eine Pause, ließ die Worte zwischen ihnen hängen. „Und jetzt bist du dran."

Er riss an den Fesseln, diesmal verzweifelter. Sein Brustkorb hob und senkte sich schneller, Schweiß glänzte auf seiner Stirn.

„Das meinst du nicht ernst. Du bist nicht so eine."

Lena blieb reglos stehen. Sah ihm direkt in die Augen.

„Oh doch."

Langsam griff sie in ihre Manteltasche und zog eine kleine Spritze heraus.

Stefan erstarrte.

„Lena …" Seine Stimme war nun leise, kaum
mehr als ein ersticktes Flüstern.

Sie kniete sich neben ihn, ihr Atem
streifte seine Wange.

„Heute Nacht wirst du verstehen, was es
heißt, Angst zu haben."

Kapitel 51 — Das Finale

Die Stille in der Lagerhalle war beklemmend. Nur Stefans schweres Atmen durchbrach sie, ein keuchendes, verzweifeltes Geräusch, das von den kahlen Wänden zurückgeworfen wurde. Lena stand vor ihm, ruhig, beinahe gelassen, während sie ihn beobachtete.

Er zog an den Fesseln, doch das Seil schnitt nur tiefer in seine Haut. Seine Muskeln spannten sich, kämpften gegen die Bindung – doch es war sinnlos.

Zum ersten Mal war er wehrlos.

„Du hast gedacht, du kommst ungeschoren davon, nicht wahr?"

Ihre Stimme war ruhig, doch in ihren Augen brannte eine Kälte, die Stefan erst jetzt wirklich erkannte.

„Lena … bitte …" Seine Stimme war heiser, brüchig.

Sie trat langsam um ihn herum, ließ sich Zeit. Sie wollte, dass er die Angst spürte, die Unsicherheit, das Wissen, dass er nicht

entkommen konnte. So wie sie es unzählige
Male gefühlt hatte.

„Wie oft habe ich genau das gesagt? Wie oft
habe ich dich angefleht, aufzuhören?"

Sie hielt inne. Dann – ohne Vorwarnung –
holte sie aus und schlug ihm mit der
flachen Hand ins Gesicht.

Der Aufprall hallte durch die verlassene
Halle.

Er keuchte, blinzelte, sein Blick flackerte
zwischen Wut und Fassungslosigkeit. Doch in
seinen Augen lag noch immer dieser Funken
Arroganz. Der Glaube, dass er sich
irgendwie aus dieser Situation befreien
konnte.

Er glaubte, sie würde nicht weitermachen.

Er irrte sich.

Lena griff in ihre Jackentasche und zog
einen kleinen, dünnen Metallstab hervor –
eine ausziehbare Teleskopstange. Mit einem
leisen Schnappen ließ sie sie ausfahren.

Stefan erstarrte.

„Lena … du willst das nicht tun."

Sie lachte leise, ein dunkles, humorloses Geräusch.

„Genau das hast du mir auch immer gesagt, bevor du zugeschlagen hast."

Dann ließ sie die Stange auf sein Knie niedersausen.

Ein markerschütternder Schrei durchschnitt die Stille.

Stefan bäumte sich auf, wollte ausweichen, doch die Fesseln hielten ihn fest. Sein Atem ging stoßweise, sein Gesicht war schmerzverzerrt. Lena betrachtete ihn regungslos.

„Das war für die erste Nacht", sagte sie leise.

Der zweite Schlag traf seine Rippen.

Er japste nach Luft, keuchte, sein Körper zuckte unter dem Schmerz, seine Stirn war schweißnass.

„Das war für all die Male, die du mir eingeredet hast, ich wäre schuld."

Der dritte Schlag – gegen seine Hand.

Ein widerliches Knacken war zu hören.

Stefan brüllte auf, sein Gesicht verzog sich in purer Qual. Tränen stiegen ihm in die Augen, ob aus Schmerz oder aus Angst, wusste er wohl selbst nicht.

Lena kniete sich vor ihn, packte sein Kinn und zwang ihn, ihr in die Augen zu sehen.

„Und das ist für jedes Mal, wenn du dachtest, du könntest mich besitzen."

Seine Lippen bebten. Seine Augen flehten.

„Lena … genug … b-bitte …"

Sie ließ ihn los, trat einen Schritt zurück. Nein. Noch nicht genug.

Sie atmete tief durch, hob die Stange ein letztes Mal – und ließ sie auf seinen Magen niederfahren.

Stefan röchelte, krümmte sich, sein Körper sackte in sich zusammen. Seine Augen flackerten vor Schmerz.

Er war am Ende.

Lena richtete sich auf, warf die Stange beiseite und betrachtete ihn. Sie hatte ihn gebrochen – nicht nur körperlich, sondern auch in seinem Geist.

Die Überheblichkeit war verschwunden. Der Mann, der sie einst beherrscht hatte, lag nun vor ihr – schwach, zitternd, besiegt.

Sie hockte sich neben ihn, strich ihm beinahe sanft über die Wange, während er zusammenzuckte.

„Tut es weh?" fragte sie leise.

Ein schwaches Nicken.

„Gut."

Sie richtete sich auf und zog eine dünne Plastikfolie aus ihrer Tasche – leicht, unscheinbar.

Stefans Augen weiteten sich.

„Lena … n-nein …"

Seine Stimme war kaum mehr als ein heiseres Flüstern.

Doch diesmal gab es kein Flehen, das sie aufhalten konnte.

Mit einem schnellen Ruck legte sie die Folie über sein Gesicht und drückte sie fest.

Stefan bäumte sich auf, so gut es sein geschundener Körper noch zuließ. Seine Hände zuckten vergeblich an den Fesseln, sein Körper riss an den Seilen, aber es war sinnlos. Sein Atem ging schneller, wurde hektisch – dann stockte er.

Seine Beine zitterten. Sein Kopf schlug leicht gegen den Boden.

Ein letztes verzweifeltes Aufbäumen.

Dann … Stille.

Lena blieb noch einen Moment regungslos stehen, ließ die Folie los und sah ihn an.

Sein Brustkorb hob sich nicht mehr.

Seine Augen starrten ins Leere.

Es war vorbei.

Der Letzte war gefallen.

Lena atmete tief durch.

Kein Zittern in ihren Händen. Keine Reue in ihrem Herzen.

Sie zog sich ihre Handschuhe an, löste sorgfältig die Fesseln, richtete die Szenerie so her, dass es wie ein Unfall aussehen konnte. Dann nahm sie seine Autoschlüssel an sich, ging zur Tür und trat hinaus in die kalte Münchner Nacht.

Ein weiteres Kapitel war abgeschlossen.

Aber war es wirklich das Ende?